老人の知恵

田原総一朗
養老孟司

毎日新聞出版

老人の知恵

はじめに　田原総一朗

養老孟司さんに、僕は強い関心を持っている。いや、崇拝していた、と言ったほうが正確だ。

養老さんが、「誰でもいいから同世代の人間と話したい」とおっしゃっているということを耳にし、これはチャンスだと思い、僕と対談してもらえないだろうかと名乗りをあげた。

知識豊富な養老さんが僕を面白がってくれるかどうか心配だったが、戦争や大学紛争など、同時代を生きてきた養老さんとはわかり合える部分が多いだろうと思うことにした。

養老さんが東京大学医学部の助手だった頃は学生運動が全盛期で、ゲバ棒を持った学生たちから「研究なんかしている場合か」と非難されながら研究室を追い出されたことがあったという。

その経験をして以来、「学問とは何か、研究とは何か、大学とは何か」と自身に問い続けており、「私の中で紛争は終わっていない」と思っていると何かの本で読んだ。

こうした、すさまじい体験の中で、学者として闘い続けてきた人物なので、僕のような人間は途中で論破されるのではないかと恐れていた。

実を言うと、内心怖かった。

現に対談中、的確な言葉が見つからず、あいまいな表現で質問をすることが何度かあったが、養老さんは、こちらの困惑を理解してくれて、僕を批判することなく、納得できる答えを返してくれた。

そのおかげで、あいまいな問いかけがあったにもかかわらず、養老さんの鋭い、そして的確な答弁のおかげで、僕としては予想していた以上の満足のできる対談となった。あらためて養老孟司さんにお礼を申し上げたい。

本書の刊行にあたり、養老さんの担当編集者である毎日新聞出版の永上敬さん、僕の担当編集者である同社の峯晴子さん、そしてライターの阿部えりさんにご尽力いただいた。ここに深く感謝を申し上げたい。

老人の知恵＊目次

第2章　紛争をやめさせ、平和な世界にするために
――戦争を知る最後の世代として、これだけは伝えたい

第3章 戦後日本の大問題を語る
――政治から虫の減少まで、言いたいことは山ほどある

第4章 現代社会に漂う息苦しさのわけを探る
――なぜ子どもたちは大声を出せなくなってしまったのか

第5章　90歳の壁を越える
――生きることも死ぬことも考え過ぎない

第1章
少年時代を振り返る

僕たちはこうして生きてきた

腰が痛い、肩が凝る、年寄りの文句が増えてきました

田原　養老さんとお会いするのは今回が初めてですね。

養老　はい。田原さんはどんな方なんだろうと、いろいろ想像していたのですが、お会いしてみたら、「朝まで生テレビ！」（テレビ朝日系）で見るのと同じ人でした（笑）。

田原　聞いた話によると、養老さんは話ができる同年代の人がどんどん減っているので、誰でもいいから話がしたいと考えていて、それで僕に白羽の矢が立ったとか。それを聞いたとき、養老さんと僕が対談するな

んて大丈夫なんだろうかと不安になりました。何しろ、養老さんは僕と違って大変な教養人である。教養人である養老さんが、ズバズバと言いたいことを言うから大変説得力があると僕は思っています。

養老　田原さんが専門とされている政治の世界に僕はあまり詳しくないので、話が合わないかも、と少し心配していたんですが、そうでもない、案外接点があるんだなと感じますよ。

田原　僕は同じことを何度も言うと、よく娘に怒られているんですよ。同じ質問を繰り返すことがあるかもしれませんが、どうかお付き合いください。

養老　僕も大概忘れていますからね、ちょうどいいかもしれません（笑）。

田原　養老さんは、今おいくつですか？

養老　今年（2024年）の11月で87歳になります。田原さんは90歳を迎えられましたよね。

田原　はい、4月に90歳になりました。こんなに長生きするとは思っていませんでしたが、おかげさまで悪いところなく仕事しています。とはいっても、滑舌が悪くなるとか、耳が遠くなるとか、いろいろ不便は出てきますがね。養老さんはどうですか？　年をとって面倒になったなと思うことはありますか？

養老　腰が痛いとか、肩が凝るとか、面倒とはちょっと違うかもしれませんが、やっぱり体がまいってきますね。日常の当たり前のことがだんだんできなくなるというか、不自由なことが増えるのが一番の問題ですね。

田原 たとえばどういうこと？

養老 今もそうなんですが、こうして椅子に座っていると腰が痛くなるんですよ。

田原 ああ、それで少しずつ体をずらしているんだ。

養老 あとはトイレが近くなったとか、便秘がちになったとか、要するに普通の年寄りの文句です。それには適当に薬でも飲んで、自前で対処するしかないですね。

田原　薬を飲んだりすることに、あまり抵抗はないですか。

養老　ありますけど、しょうがないと思っています。薬というのはバランスが問題でね、症状がひどくなったら抑えるために飲まないといけない。ただし、抑え過ぎると、また別の問題が起きてくる、やっかいなものですね。

田原　僕もいろいろ薬は飲んでいますね。面倒だとは思わないんですが、しょっちゅう忘れます。忘れると娘が怒るので、それだけは気をつけています。それ以外に特に面倒なことはないですね。食事をつくるのも苦にはならないし、面倒なときはコンビニエンスストアに行けばいいい。今は何でも売っていますから。とにかく面倒だと思ったら、やらなければいい、それだけです。

養老　田原さんが料理をつくる？

田原　はい。といっても朝食だけですが、もう30年以上、自分でつくっています。ただし、そんな凝ったものじゃありませんよ。パンをトーストしてバターを塗って、卵を目玉焼きにして、あとはレタスを適当にちぎってサラダにして、ヨーグルトやジュース、牛乳なんかと一緒に並べて終了です。2021年に僕が朝食をつくって食べるシーンをYouTube（田原総一朗チャンネル）にアップしたら、なんと170万回以上視聴されたらしいです。それからも何度かアップしていますが、毎度、万単位の再生回数です。老人が同じ朝食をつくって、ただ食べているだけなのに、何が流行《はや》るかわからないですね（笑）。

虫の世界は人間社会に何が起きても変わりません

田原 養老さんは、お生まれはどちらですか。

養老 鎌倉（神奈川県）です。

田原 ずっと鎌倉ですか。

養老 はい。

田原　鎌倉で何代目？

養老　父は福井県の大野市というところの出身で、母と結婚して鎌倉に居を構えたわけです。なので、僕で二代目ということになるのかな。

田原　第二次世界大戦で米軍が東京や横浜を空爆したけど、鎌倉は攻撃されなかったんですよね。

養老　おかげで焼けずに残った家が多かったので、戦後たくさんの方が引き揚げてきました。2、3家族が一緒に住んでいる家が多かったですよ。

田原　鎌倉は日本の中心地だから。

養老　いやいや、田舎ですよ。

田原　田舎じゃないでしょ。だって、鎌倉幕府があったところじゃない。由緒正しい土地ですよ。

養老　明治以降、鎌倉はずっと別荘地でしたから、消費者物価指数が日本一高かったようです。西は（兵庫県）神戸市と芦屋市、東は鎌倉ってね。その時代の習慣が残っているんでしょうね。別荘地値段というのがあって、地元民が物を買うときの値段より高いんですよ。こういうのって、だいたい高いほうに統一されていきますよね。それで物価が上がっていったというわけです。

田原 僕が知っている限りで言えば、鎌倉出身の人はみんなプライドが高いですよ。

養老 そうそう。それは、神奈川県の自治体の集まりで感じたことがあります。鎌倉の自治体の人は威張っているんです、うちはほかの地域とは違うと言って。

柔らかい虫は苦手。蜘蛛やゲジゲジは勘弁してほしい……

田原 ところで、養老さんといえば、無類の昆虫愛好家として知られていますが、いつ頃から虫に興味をお持ちになったんですか。

養老 小学校のときからですね。

田原 そんな早くから？

養老 生き物全般に興味がありましたけど、小さい頃は魚ばかり捕っていましたよ。学校が終わると川に飛んでいって魚を捕るんです。

田原 最初の興味は魚で、それがなんで虫に変わったんですか。

養老 虫のほうが多様性が高くて、いろいろな種類があるとわかったからです。絶対に飽きないですね、虫の世界は。田原さん、虫とかは？

田原　あまり興味ないです。

養老　そうですか（笑）。どうやら大きく分かれるみたいですよ、人間の側と自然の側とに。戦争のせいで人間の側はガチャガチャでしたよね。ところが、「国破れて山河あり」じゃないけど、自然の側は全然変わりませんから。

田原　そうか。人間は変わるけど、虫は自然だから変わらないんだ。

養老　変わりませんね。

田原　養老さんは、箱根（神奈川県）に「養老昆虫館」という博物館を持っていらっしゃるそうですね（非公開）。

養老 はい、週の半分はそこで虫の標本をつくっています。ほぼ一日中やっていますね。でも、長時間座り続けていると腰が痛くなるし、肩も凝る。

田原 それなのに、何時間でもやってしまう。なぜなんですか？

養老 好きだからしょうがないんです（笑）。

田原 何が面白い？

養老 虫は何も言わないし、手を動かしていると、なんとなく気持ちが落ち着くんですよ。きれいに出来上がったら気持ちがいいですしね。それから標本づくりは自分の腕というか技術がよくわかる。

田原　虫は今、養老さんのお宅にはどのくらいいるんですか。

養老　博物館と合わせて、標本がおそらく10万の桁だと思います。

田原　10万？　すごいな。で、生きている虫も飼ってらっしゃる？

養老　とてもそんな暇はないです。生き物を相手にすると、フルに相手しなくてはいけなくなりますから。それは本当に大変なので。

田原　虫によって、好きな虫と嫌いな虫はありますか。

養老　ありますよ、それは。

田原　どんな虫が好き？

養老　好きな虫はゾウムシ。嫌いなのは蜘蛛《くも》です。

田原　なんで蜘蛛が嫌い？

養老　硬い虫が好きなので、ふにゃふにゃして、叩くとピシャッて潰れるやつが苦手なんです。蜘蛛だけは勘弁してほしい。あとゲジゲジ。あれは駄目です。

田原　虫は自然に属するものだからいいというのは、よくわかります。そういう意味では、動物も自然の中に生きていますよね。なんで動物じゃなくて虫なんですか。

養老 動物は好きなんだけど、捕まえにくいんですよ（笑）。

田原 そうか。

養老 相手もちゃんとこっちの動きを見て逃げますからね。

田原 動物といえば、犬とか猫は飼っている人が多いですね。ああいうのは駄目なんですか？

養老 駄目じゃないです。僕は以前、「まる」という名の猫を飼っていました。これが実に自由気ままに暮らしていましたよ。

田原　そうだ、飼われていても猫は勝手気ままに生きているね。犬は人に飼われると、おとなしくなっちゃう。

養老　そうそう。動物は好き勝手に暮らしているほうが好きなんです。その点、猫は好きにしているじゃないですか。人間になびいたりしませんしね。

医者の道に進まなかったら職人になったかも

田原　養老さんはなんで医者になったの？

養老　田原さんも僕も戦争を知っている世代なので、敗戦を境に世の中の価値観がガラリと変わるということを体験していますよね。戦争で変わるような仕事は嫌だと思ったんです。180度変わってしまうようなことはやっていけないなと。

田原　医者は戦争があってもなくても変わりませんよね。確か、養老さんのお母様もお医者さんですよね。

養老　そうです。鎌倉で開業医をやっていました。その母に医学部に行ってくれと懇願され、いろいろ悩みましたが、結局医学部に進むことにしました。

田原　でも、なんで医者の中でも解剖学をやろうとしたんですか。

養老　やっぱり一番嘘がないといいますか、生きている人間と違って、死体は変わらないじゃないですか。たとえば、作業の途中で家に帰って、次の日に行ってみたらいなくなっていたとか、変化していたということはないんですよね（笑）。まあ、僕が人を相手にするのが苦手ということもありますが。あともう一つ、これは個人的なことかもしれないんですけど、さっき標本づくりは何時間でもやってしまうという話をしましたけど、自分の手を動かして細かい仕事をしていると、不思議と安心するんです。たぶん、医者じゃなかったら、職人かなんかになったんじゃないかと思います。

田原　正直言うと、僕は解剖学に対してあまり馴染みがありませんでした。

養老　普通に暮らしていればそうですよね。解剖って実は、人体を言葉にしていく作業なんです。

田原　人体を言葉にするのが解剖学、それはどういうことですか？

養老　解剖の結果を言葉の世界に移す、情報化していくんです。だから名称が多くて学生が往生するんですけどね。

田原　なるほど。ということは、解剖が苦手な日本人が多いということだ。

養老　そうですね。ドキュメント（書類・記録）という考えが日本にはあまりないから。きちんと記録しておくというのは、本当は大事なんだけど、日本は平気で文書を改ざんするでしょ、特に官庁関係が。

田原 その通り。それが大問題だ。

養老 そういうことは絶対にしてはいけないんですよね。現実の代わりなんですから、ドキュメントというのは。

田原 解剖学を長く続けてきて、新しい発見というか、今までの常識がドーンと変わったことってありますか。

養老 もう古い学問なので、今になって新しい事実が見つかるということはありません。

田原　そうですか。養老さん、これだけ長く解剖学をやっているので、新しいことを見つけたんじゃないかと思ったけど、そうじゃないんですね。解剖学というのは、世界のどこから始まったんですか。

養老　一番古くはギリシャじゃないですか。

田原　ギリシャね。

養老　ギリシャとエジプトですね。

田原　哲学もギリシャから始まったと言われているね。

養老　ただ、解剖学の記録が、今あまり残っていないんですよ。それはなぜかというと、エジプトにあったアレクサンドリア図書館が燃やされたからです。

アレクサンドリア図書館　紀元前3世紀ごろ、エジプト王プトレマイオス＝ソテルによって首都アレクサンドリアに創設された。古代図書館中、最大の規模を誇ったといわれ、古代ギリシャの文献を核に一大コレクションを形成。言語学や医学など諸学の発展に寄与するも、ローマ軍の戦火で焼失。ローマの将軍、アントニウスが再建したが、640年ごろサラセン人のアレクサンドリア攻略により壊滅した。

田原　何、図書館を燃やした？

養老　燃やしたのはキリスト教徒ですね。言ってみればキリスト教のテロですよ。

田原　結局、キリスト教がギリシャの学問を崩壊させるわけだ。

養老　解剖学もその時に文献がなくなっちゃったんですね。今でも解剖学の国際用語の中にギリシャ語が少し入っていますけど、それはギリシャ時代からの名残ですね。

学生時代、自分は将来小説家になると信じていました

養老　田原さん、ご出身は？

田原　僕は滋賀県の彦根です。実家は彦根の商家で、祖父の代は生糸、父の

代はひもを扱っていました。いわゆる近江商人の家ですね。「近江商人の歩いた後には草も生えない」という言葉があります。儲かるならどこにでも出かけていく近江商人の強欲さを揶揄《やゆ》する言葉ですが、子どもの頃からこんな悪評を聞かされて育ったせいか、商人にだけはなるまい、と思っていましたね。

養老 田原さんは、どんな子どもだったんだろう。

田原 実を言うと、僕、小学校の頃は成績がすごくよくて、卒業するとき、最優秀賞をもらったんですよ。そうは見えないかもしれないけど。

養老 いやいや、そんなことは(笑)。

田原　中学時代は学級委員や生徒会役員をやっていました。当時は社会が好きで、勉強もできたから、わざと先生が答えられないようなことを質問したり、「こんなだったら授業を聞いても意味がない」と言ったり、先生に議論をふっかけたりしてたね。

養老　今と同じだ。

田原　あと好きだったのは数学ね。数学が面白いのは、いろんな勉強の中で数学だけ正解があるんですよ。ほかは正解がないよね、国語でも社会でも。数学だけは完全な正解がある、それが面白かったんですね。あとね、これも意外かもしれないけど、小学校の頃、僕、相撲と野球をやっていたんですよ。

養老　僕は勝ち負けに関わることが苦手だから、スポーツはまったく駄目ですね。相撲ということは、小学生の頃は体が大きかったんですか？

田原　いや小さかったです。でも、小回りがきくというか、どうすれば大きい子に勝てるかというのを常に考えていた。

養老　理論派ですね。

田原　だから、けっこう勝っていましたよ。野球は中学生の頃はレギュラーだったけど、高校に入ってからはレギュラーになれなかったので、やめました。

養老　その当時は何になりたかったんですか？

田原　小説家です。高校に入ってから親身になって話を聞いてくれる先生に出会うことができたんですが、その先生の担当教科が国語で、いろいろな小説を薦めてくれたんですよ。それで面白そうな作品を片っ端から読んで、すっかり小説に魅せられました。で、仲間たちと「文学会」というサークルを結成して、部室に集まっては文学論議を交わし、自分たちの同人誌を出したりしてね。

養老　かなり本格的ですね。

田原　当時は自分には小説しかないと思い込んでいましたから。僕が好きだった石川達三や丹羽文雄といった作家が早稲田大学だったから、文学をやるなら早稲田しかないと思った。でも、親は家から近い国立大学に行けと言う。でも、どうしても早稲田に入りたかったので、親の反対を押し切って早稲田大学の夜間部の国文学科に入学しました。親からの援助が受けられないので、学費と生活費を自分で稼がないといけない。それで、昼は日本交通公社（現・ＪＴＢ）で働き、夜は大学、という生活を続けていました。

養老 それはすごい。

田原 でも、全然駄目だったね。大学の先輩からは、「文才のある人間が頑張ることを努力というんだけど、君のような文才のない人間の頑張りは、努力ではなく徒労だ」とまで言われてね。

養老 でも諦めなかったわけですね。

田原　その先輩の批判にはめげなかったけど、その後、石原慎太郎の『太陽の季節』を読んで打ちのめされました。当時の僕は恋愛経験がないので、恋愛話に関しては流行作家の作品を写経のように書き写すだけだったけど、石原慎太郎は実体験を書いているからね、すさまじいリアリティなんだよ。買ったその日に一気に読んで、「これは敵わない」と思った。同じ頃に出た大江健三郎の『死者の奢《おご》り』にも衝撃を受けた。石原慎太郎は2歳上、大江健三郎は1歳下。自分はとても敵わないと思い、小説家を諦めました。

敗戦の日の夜、明るい街を見て戦争が終わったことを実感

田原　さっきも少し話題に出ましたが、養老さんも私も、戦争を知っている世代ですね。そこで伺いたいんですが、養老さん、戦時中はどんな記憶がありますか。

養老　鎌倉は爆撃されませんでしたが、やっぱり空襲ですね。

田原　鎌倉はなかったけど、横浜とか川崎はかなりやられた。

養老　そうなんです。それで、B29がよく上空を飛んでいて、それを下から

見ていました。特に夜、撃墜されたB29が燃えて落ちていくのを見たとき、きれいだなと思ったことをよく覚えています。真っ暗だったところに、いきなりパッと明るい光が現れるわけですから。

田原　やっぱりしょっちゅう空襲警報があったわけだね。

養老　はい。学校に行くときに空襲警報が鳴ると、近所の空き地に子どもたちが集まって、警報がやむまで待っているんですよ。で、解除されると集団で学校に行くということを繰り返していました。最近、仕事で北里大学の相模原キャンパス（神奈川県）に行くようになったんですが、子どもたちが集団登校をしているんですよ。それを見て戦時中じゃあるまいし、と思いましたね。

田原　養老さんは、終戦のときは小学何年生？

養老　2年生です。

田原　8月に玉音放送がありましたね。

養老　はい。

田原　玉音放送はお聞きになりましたか。

養老　いや、聞いていません。神奈川県にあった母の実家にいました。当時は津久井郡中野町といって、今の相模原市緑区です。

田原　玉音放送があったとき、僕は小学5年生でした。僕の従兄弟が海軍兵学校に行っていて、休暇になるとよく遊びに来ていたんですよ。これがかっこよくてね。だから、僕も中学校を卒業したら絶対、海軍兵学校に行って、海軍の士官になりたいと思っていました。でも敗戦になって戦争が終わったから、もう海軍兵学校には行けない。それがショックで、終戦の日、泣きながら寝ちゃったんですよ。で、夜中に目が覚めたら街が明るい。きのうまでは灯火管制で真っ暗だった街が、家の灯りや外灯で煌々《こうこう》と照らされている。そのとき、敗戦って、もしかしたらいいことなんじゃないかと思いました。養老さんは教科書の墨塗りはやりましたか？

養老　小学2年生のとき疎開先から帰ってきたら、墨汁で教科書を黒く塗るよう言われましたよ。

田原　僕もやりました。あのときはちょっと爽快だったね。だって、戦時中は学校の先生より国定教科書のほうが偉いんだよ。1学期には授業が始まる前に拝んでいた教科書を真っ黒に塗り潰していくんだから。

養老　敗戦で価値観が180度変わりましたよね。

田原　戦時中、小学5年生の1学期に本格的に社会科の授業が始まって、先生たちが「この戦争は世界の侵略国であるアメリカ、イギリスを打ち破り、植民地にされているアジアの国々を独立させ、開国するための正義の戦争である。君らも早く大人になって戦争に参加して、天皇陛下のために名誉の戦死をしよう」と言うのを信じていました。で、夏休みに戦争が終わり、2学期になって学校に行くと先生たちの言うことが180度変わってしまった。「実はあの戦争は、絶対にやってはいけない間違った戦争だった、正しいのはアメリカ、イギリスだ」と。1学期までは国民の英雄としてみんなが褒め称えていた東條英機たちが、2学期になると次々に戦犯容疑者として米軍に逮捕された。そのとき僕は、学校の先生はじめ、偉い人の言うことは信用できないなと漠然と感じました。

養老　それはその通りですね。

田原　それからはラジオや新聞、先生の言うことも疑うようになった。

養老　僕もまったく同じです。ジャーナリズムというんですかね、そういうものは信用しないという。それから社会もほとんど信用しなくなったから、興味も関心もなくなりました。

タブーに切り込まなければ戦時中と同じじゃないか

養老 戦争に関して言えば、僕はね、この年になって、急にわからなくなったことが一つある。

田原 なんですか？

養老 あの戦争で、アメリカが原爆を2発落としても潰したかったものって日本の何だったんですかね。

田原　潰したかったのはソビエト連邦（現・ロシア）です。要するにね、あんなもの落とさなくたって日本の敗戦はもう決まっていたんです。ところが、日本が負けた後、アメリカはソ連との戦争になることを恐れた。だから、ソ連に攻撃されないためにアメリカには原爆があるぞということを見せつけたかった、これが最大の理由。対ソ連戦略です。

養老　そうなんだ。

田原　防衛省の幹部にもアメリカの国務省にも取材して、そういう答えを得ました。日本は原爆を落とされたことで戦争をやめるという決断をした。あれで一気に敗戦へと進んだわけです。僕はね、戦争を体験した人間として、昭和天皇の戦争責任に強いこだわりがあったんですよ。

さっき、養老さんがおっしゃった、なぜアメリカが2発の原爆を投下したか、その原因は天皇にもあるんじゃないかと。それで、「朝生！」で「天皇論」をやったわけです。

養老 「朝生！」で？

田原 そう、「朝生！」で。でも、当時の編成局長は大反対。当然だよね。だって天皇はタブーだから。それで表向きは全然違うタイトルで番組を企画して、後半、「本当は別に話したいことがある。それは昭和天皇の戦争責任だ」と言って、パネリストも全員入れ替え、討論を始めました。

養老 それでどうなったんですか？

田原　視聴者からの電話やファクスなど、反響がすごかった。でも、クレームはありませんでした。とはいえ、新聞のラテ欄（ラジオ・テレビ番組表欄の略）に書かれた内容と違うことをやったわけだから、番組終了後、編成局長に謝りに行きましたよ。そしたら、「田原君、大晦日に同じテーマでもう一度やってくれ」と。

養老　視聴率がよかったわけだ。

田原　そう。天皇はタブーだから。でも、タブーに触れなければ戦時中と同じだよね。敗戦後、日本に来た連合国軍最高司令官のマッカーサーが、昭和天皇の、戦争のすべての責任は私にある、と言ったことに感銘を受けたという話があります。でも、マッカーサーは結果的には天皇に戦争責任を問わなかった。おそらく、日本は「権威」と「権力」を分けたほうがうまくいくと考えたんでしょう。

養老 それは？

田原 歴史を見るとよくわかります。源頼朝は日本で初めて武力で天下統一を果たし、鎌倉幕府を開いた。つまり、それまで国の統治は京都の朝廷が担ってきたけど、朝廷の外に幕府という新たな統治機構を誕生させたわけです。それでも頼朝は天皇を排除せず、自分の上に置いた。国家統治を安定させるには、権威と権力を切り離しておいたほうがいいと考えたんだろうね。頼朝の死後、執権となった北条家も、朝廷と争って後鳥羽上皇を島流ししたけど、天皇制は維持した。世界の歴史を見ると、武力で天下を取れば、その人がトップに立つものなのに、日本は違う。鎌倉時代から江戸時代まで権威と権力を切り離す形で統治してきたわけだ。これが日本の面白いところだね。

第2章

紛争をやめさせ、平和な世界にするために

戦争を知る最後の世代として、これだけは伝えたい

震災後の日本がどうなるか『方丈記』を読むとよくわかります

田原　さっき、養老さんは人が苦手だから解剖医になったとおっしゃいましたけど、今、人と会う仕事をしているじゃないですか。講演したり、テレビ出演したり、こうして僕と対談もしている。

養老　そうなんですよ。なんでこんなことになっちゃったんだろう（笑）。生きている限り、世間からは逃げられないということですね。本当は『方丈記』みたいな生き方がしたいんですよ。でも、家族がいると、世間との付き合いがどうしても必要になってくるから無理ですね。一人なら、鴨長明《かものちょうめい》になれるのに。

『方丈記』　鎌倉時代初期の1212年、歌人の鴨長明により書かれた随筆。世捨て人となり、小さな庵《いおり》で静かに暮らす鴨長明が若い頃に体験した平安末期の「五大災厄」、大火、辻風《つじかぜ》（竜巻）、遷都、飢饉、大地震の様子が克明に記されている。

田原　『方丈記』というのはね、実は僕、きちんと読んだことがなかったんですけど、養老さんに薦められて今回、しっかり読みました。想像していた内容とは、まったく違ったね。鴨長明が出家してから書いたものだから、悟りを開いた人間の静かな生き方が描かれているのかと思ったら、災害のことが詳しく書かれていた。

養老　そうです、『方丈記』は日本最古の災害文学といわれています。

田原　1185年に起きた元暦《げんりゃく》の大地震についても書かれていた。東日本大震災、それから能登半島地震と大きな地震が次々と起きている今だからこそ、読んでおくべきだと思ったね。

元暦の大地震　平安時代の末期、元暦2（1185）年7月9日、京都で大地震が発生。土砂崩れや地割れ、液状化など大きな被害を受けた。地震の規模はマグニチュード7・4と推定されている。地震の直後に元暦から文治《ぶんじ》に改元されたため、「文治地震」とも呼ばれている。

養老　歴史を見ると、日本の政治って天災で大きく変わっているんですよ。それは『方丈記』に詳しく書かれています。平安時代が終わり、鎌倉幕府が成立する、そのあたりも地震続きでしたから。

田原　鎌倉幕府成立の大きなきっかけが地震だったわけだ。

養老　それまで地震などほとんど起こったことのない京都でマグニチュード7規模の大地震が起こったわけですから、どれだけ大変だったか想像がつきますよね。まず、何が起こったかというと、地方から京都への物流が寸断された。当時、平安京のあった京都は今の東京みたいなもので、食料はじめ、あらゆる物を地方から運んでいたわけです。『方丈記』にも、「都のものはすべて田舎を源にするものにて」とあります。だけど、地震が起きた当時の日本は全国的に天候不順だった。今と同じ異常気象ですよ。その影響で、あちこちで飢饉が起きるんですね。そんなときに地方から京都に食料を運ぼうとすれば、途中で山賊や海賊に奪われるに決まっています。地方の人だって食うや食わずの生活をしていましたからね、それはもう必死ですよ。そこで京都の偉いさんたちは考えたわけです、食料を運ぶために地方の侍たちを動員しようと。侍たちに山賊や海賊を抑え込ませたのです。

田原 物流を保つために侍の力が必要だったんだ。

養老 その結果、侍の立場が強くなり、それまでの貴族社会から武士の時代へと政治が大きく変わっていった。これが鎌倉幕府の誕生した背景です。

国の大きな転換期には必ず大規模な自然災害が起きています

養老 それから、1867（慶応3）年、約260年続いた江戸幕府が終わりを迎えますよね。1853(嘉永6)年にペリーが軍艦を率いて来航し、日米和親条約が締結(1854年)。そこから一気に開国へ進んだといわれていますが、僕は1854(嘉永7)年に立て続けに起きた大地震がきっかけだと思っています。

安政の大地震　幕末の嘉永7(安政元/1854)年11月4日、東海・熊野海岸沖を震源とする安政東海地震が発生。その翌日の11月5日には紀伊水道・四国南方沖の海域が震源の安政南海地震と2度の大地震が日本を襲う。さらに翌年の安政2(1855)年には江戸市中を中心に被害を及ぼす直下型の江戸地震が発生した。

田原　そうか。ペリーが来航して日本は開国せざるを得なかったといわれているけど、安政の大震災の影響で、もはやどうにも立ち行かなくなっていたということだ。

養老　そうです。ペリーがやってきたところへ地震で幕府がガタガタになってしまったというわけです。

田原　なるほど、それは興味深い。

養老　だから国を変えるのは政治の力じゃないと思うんですよ。平安時代、天災が侍の立場を強くしたように、自然の力が国を大きく変えてきました。そういうギリギリの状態になると、日本は暴力が支配する社会に突入する。牢名主《ろうなぬし》的な存在が生まれるんです。たとえば、捕虜収容所なんかでも、牢名主の下に使い走りが何人かいて、その人たちがさらに下っ端をいじめるという構図が出来上がる。それを評論家の山本七平が『一下級将校の見た帝国陸軍』（文春文庫）や『日本はなぜ敗れるのか』（KADOKAWA）という本に書いていますね。日本の捕虜収容所というのは、最終的には暴力支配になると。

田原 何？　暴力支配になる？

養老 その構図はヤクザ映画かなんかでよく目にしますよ。ところが、アングロサクソンの捕虜収容所は全然違うんです。

田原 どう違う？

養老 収容所内で相談し合って、役割分担を決めるんです。

田原 アングロサクソンは話し合いをするんだ。

養老　そうです。彼らにとってそういう役割分担をすることが社会の中で当たり前になっている。

田原　なんで日本は話し合いができないんですか。

養老　どうしてでしょうね。やっぱり長年の積み重ねじゃないでしょうか。それこそ『方丈記』以前からそうしてやってきたんじゃないですか。たとえば、山本七平は著書の中でこう書いています。日本人とアングロサクソン、つまり外国人との違いは、秩序は自分たちでつくるという考えがあるか否かだと。日本人はつくらないが、外国人はつくる。もっと言えば、キリスト教国家は「はじめに言葉ありき」で、一方、日本は権力者によって言葉が奪われた「はじめに言葉なし」の世界だったと。要するに、「自治の不在」と「言葉の不在」が日本人の中に伝統的に存在している。それが一方的な暴力支配につながっていくのかもしれないですね。暴力が社会を支配した極端な例として、大正時代に起きた関東大震災があります。

田原　朝鮮人虐殺事件が起きた。あれも暴力支配の一つといえますね。

養老　関東大震災が起きたとき、社会には大正デモクラシーと呼ばれる自由な空気が漂っていました。景気がよくて、エノケン（榎本健一＝「日本の喜劇王」とも呼ばれた）が「狭いながらも楽しい我が家」と歌ったようなマイホーム主義が広がっていきました。ところが、地震で世の中の雰囲気が一変、軍国主義に傾いていきます。あのとき、国のリーダーたちが陸上の惨状を見てしまったわけですよ、一晩で10万人も死ぬという。

その結果、人が亡くなるということに対して感覚が鈍ってしまったんじゃないでしょうか。

大正デモクラシー　1910年代から1920年代、大正年間にかけて起きた社会・文化・政治などにおける自由主義的な思想や運動のこと。現在の日本の民主主義の基盤をつくったともいわれている。

田原　慣れちゃうわけだ。

養老　そうそう、それが後の戦争の悲惨さにつながっていきます。

田原　そうか。関東大震災で大勢の人が死ぬのを見て、感覚が麻痺してしまった。そのまま昭和に入って日本は軍国主義になり、戦争に勝つんだという思いだけで突っ走っていったわけだ。

養老　そういうことだと思いますよ。

地方を切り捨てるコンパクトシティ化には絶対反対

田原　地震といえば、今年（２０２４年）１月１日に起きた能登半島地震は本当に驚いた。８月には南海トラフ地震臨時情報（巨大地震注意）が発表されるなど、近いうちに大震災が起きるんじゃないかと心配されているけど、みんな、どこか人ごとみたいになってしまっている。

養老　地震が起きたらどうなるかということは、僕もよく聞かれるんですけど、人ごとじゃないということですね。みんなどこまで明日は我が身と思っているのかな。自分とは関係ないと思っている人はさすがにいないでしょうけど、どうもピンときていないような気がします。

田原　日本はね、火山国ですから、どこで地震が起きてもおかしくない。

養老　そうなんですよ。けっこう被害が大きかったはずなのに、忘れてしまった地震も多いんですね。北海道の中部地区とかね、新千歳空港からちょっと行くと地震の影響なのか、山の斜面がずれたみたいになっているところがありますよ。でも、もうみんな忘れていますよね。能登半島地震の翌日、羽田空港で起きた航空機同士の衝突事故を見て思ったけど、救護方法もちゃんと考えないといけませんね。

田原　（2024年）1月2日に起きた事故ね。

養老　片方は被災地に救援物資を運ぶための海上保安庁の航空機だったでしょう。ああいうのを見ていると、大きな地震が来たら、今度は羽田空港だけじゃなくて世界中から日本に救援物資が届くことになるでしょうから、そこらへん、ちゃんと考えているのかなとか心配になりますよ。

田原　石川県能登地方の地震での問題の一つはね、道路があちこち壊れて寸断され、孤立した集落ができてしまったこと。停電で通信障害が発生し、情報がちゃんと入ってこなくなった。地形的に仕方がないのかもしれないけど、これは大問題だね。

養老 僕は3年前、奄美大島（鹿児島県）に行きましたが、山の中へ入ったら携帯電話が通じないんですよ。それではぐれちゃってね。

田原 今でも、日本国内で携帯電話が通じないところがあるんですか。

養老 奄美大島は特別だと思いますけどね、山は多いし。そういう地域はほかにもあると思いますよ。でも、それをなんとかしようという意思は自治体にはないみたいですね。山間部にもきちんと電波が届くようにしないと、また困ることが起こるんじゃないかなと思うんですけどね。少なくとも日本全国どこでも携帯電話がつながるようにしないと。

田原 今、コンパクトシティ化といって、人やインフラを集めたらどうかという話になっているじゃないですか。僻地《へきち》のようなところまで道路をつくったり、水道やガスを通したりするより、中心部の都合のいいところに人間を集めるという施策も検討されているみたいだね。

養老 今回の能登半島地震でも同じことが行なわれるんじゃないかといわれていますね。すべてのインフラを復旧させるお金も時間もないから、復旧が難しい集落の住民を移動させ、集約化を図ると。でも、それはある意味、切り捨てのようなものですからね。

田原 僕は絶対に反対。不便なところをいかに豊かにするかという視点が必要で、そんなことをやっていたら、東京一極集中がどんどん強まるだけだよ。やっぱり今、一番大事なことは地方創生。地方をどうすれば住みやすくできるかを第一に考えないといけないんだよ。

イスラエルはもう少し寛大になれないものかなあ

田原 僕たちは昭和の時代に起きた戦争を知っている最後の世代ですよね。元総理大臣の田中角栄さんが常に言っていたのは、戦争を知っている世代の政治家がいる限り、日本は絶対に戦争をしない。ただし、戦争を知らない世代の人間が総理大臣になると危ないと。

養老 今がまさにそうですよね。

田原 戦争を知らない世代が総理大臣だから危ないね。だから、戦争を知っている僕らのような世代の人間が語り継がなければいけないと思っている。

養老 ただ、おしゃべりだけでは駄目ですね。やっぱり身にしみる体験をしないとわからない。

田原 日本のことじゃないけど、今、ロシアのウクライナ侵攻、イスラエルとイスラム組織ハマスの戦闘と、争いごとが起きているね。ロシアとウクライナで言えば、誰が見てもロシアが悪い。だってウクライナは戦争をする気がないのに、ロシアが勝手に仕掛けたわけだから。問題は、イスラエルとハマス。これはどっちが悪いのか。この間も何人かの政治家にどっちが悪いんだと聞いたけど、誰も答えられない。それだけイスラエルとハマスの問題は難しい。養老さんはどう思いますか？

養老　うーん、困ったものだと。

田原　イスラエルとハマスはね、どっちも悪いの。イスラエルがずっと前からハマスを経済封鎖で追い詰めていたことも大問題。でも、ハマスがイスラエルに長年、脅かされてきたからといって襲撃し、多くの民間人を殺したのはよくない。

養老　たぶん、みんな同じ考えだと思います。

田原　だから、やっぱりこれは早く停戦すべきですよね。

養老　もちろん早くやめてほしいですよ。

田原　なんで停戦できないのか。それはアメリカ大統領のバイデン氏が停戦に持ち込めないからなんだよ。バイデン氏は、表向きはいろいろ言うけど、本音はイスラエルの味方なんだよ。というのは、アメリカではユダヤ人の資本が非常に力を持っている。で、イスラエルの国民の大半はユダヤ人だから、イスラエルが悪いと言ったらバイデン氏は失脚する、だから言えない。しかも、バイデン氏がイスラエルの味方だというこことをハマスは知っているから、言うことを聞かない。アメリカが言えないなら日本の出番だ、僕はそう思っています。日本がアメリカを説得し、ロシアを説得し、中国を説得する。そして停戦に持ち込むんです。

養老　僕もそれに近い考えです。日本はそれができたはずなんだけど、真面目にやってこなかったんですよね。

田原　だから、これからは本気でやらないといけないんだよ。

養老　イスラエルとハマスの例で言えば、イスラエルは、ハマスは弱いと思い過ぎなんじゃないかな。だから追い詰めている。でも、「窮鼠《きゅうそ》猫を噛む」じゃないけれども、追い詰められたら弱い者でも反撃に出ますからね。追い詰め過ぎたらいけないんですよ。

田原　以前、僕が「朝まで生テレビ！」や「激論！クロスファイア」（BS朝日）で、イスラエルとハマスの対立はどっちが悪いと思うかと聞いたら、ゲストパネリストの誰も答えられなかった。それだけ難しい問題なんだ。

養老　ハマスというか、僕は初めからパレスチナに同情的です。1948年に最初の中東戦争が勃発して、以来、1973年までの間に4回、衝突が繰り返されていますが、すべてイスラエルの勝利です。そのたびにイスラエルは領土を拡大し、パレスチナの領土はどんどん縮小されていきました。イスラエルとパレスチナの間には国連が引いた暫定国境線があってね、これがでこぼこしているんですよ。しかも、イスラエル側に飛び出しているところには井戸がある。さらに、ヨルダン川西岸の水資源は全部イスラエルが支配していて、パレスチナ人は利用することができない。水資源を奪われている状態なんて、それは無理がありますよね。無理しているところは必ず綻びが出て、いずれ壊れますよ、そりゃあ。

田原　しかも、土地を追われて多くのパレスチナ難民が生まれた。

養老　イスラエルは決して弱くないんだから、そろそろ国連あたりでなんとか和平に持ち込めないものかなあ。イスラエルのコーヘン（前）外相が国連のグテーレス事務総長に、ハマスへの糾弾が不十分だって言っていましたね（2023年11月14日）。敵をつくるとだんだん敵に似てくるっていうじゃないですか。イスラエルもそろそろハマスに似てきたんじゃないですか。ユダヤ人はかつてパレスチナを追い出され、いじめられてきたという記憶みたいなものが根強いのかもしれないけど、それはよくないと思うね。だって、2000年以上も前の話だし、今ではもう（ユダヤ人が建国した）イスラエルは強者なんだから、強者として相手にもう少し寛容な精神を持つべきだと思いますよ。

田原　たしかに追い詰め過ぎだね。

養老 なんであれほど徹底してやるんだろう。

田原 だって、イスラエルのネタニヤフ首相はハマスを壊滅させるまで戦うと言わないと失脚するから。壊滅させると言うことで地位を保っているわけですよ。

養老 そうか、負けたら失脚するからか。

田原 壊滅させると言い続けないと、彼は失脚する。なんでネタニヤフ氏はハマスの奇襲攻撃に気がつかなかったのか僕は疑問に思っていたんだけど、後になって、実は事前に4回ほど、イスラエル軍から文書で警告を受けていたと地元メディアが報道したね。ところが、イスラエルの首相府はこれを否定する声明を出した。どうもネタニヤフ氏と軍の関係が悪化しているようです。それはともかくとして、とにかく早く戦いをやめるべきなんだ。それができる一番の力は日本にある。

養老　イスラエルは核兵器を持っているし、弱小国じゃないんだから。そろそろ寛大になったら？　という説得しかないですね。

ロシアとウクライナはなんで仲良くできないんだろう

田原　では、養老さんはロシアのウクライナ侵攻についてはどう見ていますか。

養老　ロシアとウクライナは、そもそも喧嘩する必要なんかないはずですよね。ロシアとウクライナって、こっちから見ると似たような存在だし、どこが違うんだ？　と言いたくなるね。

田原　今、日本はアメリカに言われてウクライナを全面的に支援していますね。

日本のウクライナ支援　2024年6月、岸田文雄首相とウクライナのゼレンスキー大統領は首脳会談を行ない、「日本国政府とウクライナとの間のウクライナへの支援及び協力に関するアコード（「日・ウクライナ支援・協力アコード」）」に署名した。殺傷性のない装備、および物資の提供や、将来の武力攻撃に際し、日本は憲法上及び法律上の要件、規則に従いウクライナへの支援の提供を継続することを明確化した。

養老　それが別にいいとも悪いとも思わないですけど、ロシアはロケット弾を飛ばしてウクライナの建物をボコボコに壊すのはやめたほうがいいと思う。本当に無意味でしょ、あれは。僕が土建屋だったら怒りますよ。

田原　世界中の人がみんな、ウクライナ侵攻を早く終わらせたいと考えているはずです。ところが、どういう形で終わらせるのかが難しい。おそらく世界中の人々が考えている終わり方は、ロシアがウクライナ侵攻を始めた前の段階に戻すことです。でも、もしそうなったら、プーチン政権は崩壊しますよ。今、ロシアは東部のドネツク州の集落を掌握しているでしょ（2024年7月9日　ロシア国防省発表）。要するに、ロシアにしてみれば、東部を掌握したままで終わるならいい。でも、世界はそうはいかない、だから難しいね。一刻も早くロシアのウクライナ侵攻を終わらせたいんだけど、終わらせ方について、世界の人々とロシアの意見がまったく違う。

養老　仲良くすればいいのに。

田原　ゼレンスキー氏はモスクワに行ってプーチン氏と一対一で話し合うべきだし、バイデン氏もプーチン氏と話し合うべきだ。でも今、プーチン氏と話ができるのは中国の習近平国家主席だけ。習氏に交渉させたら、即時停戦ですよ。ロシアと中国は仲がいいから、習氏はプーチン氏にも戦争を起こした理由があると言いたいんだろうね。だから、東部を掌握したままの形で終わらせようとするんじゃないかな。

養老　日本はそれでいいんでしょうか。

田原　それには賛成できないね。そんなこと言ったらアメリカやNATO（北大西洋条約機構）が大反対するはずだよ。

アメリカはもう世界の犠牲になりたくない

田原　2024年11月にはアメリカ大統領選挙がありますが、どう見ていますか。

養老　バイデン氏が81歳、トランプ氏が78歳と、2人ともかなり高齢でしょう。そう思っていたら、7月21日にバイデン氏が大統領選挙からの撤退を表明しましたね。

田原　バイデン氏はずっと健康状態が心配されていたからね。

養老　日本だったら、もっと前にまわりの人が止めると思うんだけどね。子どもたちや身近な人が「もうお父さん、いい加減やめたら」と言わないものかなと。

田原　言いませんね。

養老　そこがアメリカらしいともいえる。アメリカは個人主義の国だからね。

田原　僕はバイデン氏が撤退するまではトランプ氏が有利だと見ていましたね。

養老　それは？

田原　つまり、アメリカ国民の中に、アメリカが第二次世界大戦以降、世界の犠牲になってきたという思いが強いんですね。たとえば第二次世界大戦でめちゃくちゃになったヨーロッパを立て直すために、アメリカが莫大な金を出した。日本に対してもそう。

アメリカの経済援助　第二次世界大戦後、アメリカはヨーロッパの西側諸国に対し、無償、または低金利で経済援助をする「欧州復興計画」を推進した。イギリスやフランス、西ドイツ（当時）、イタリアといった国々は総額100億ドルを超える援助を受け、復興に至る。日本に対しては総額18億ドル（現在の価値にして約12兆円）が供与された。

田原　でも、トランプ氏は大統領時代から一貫して、「アメリカはもはや世界の警察官ではない」と宣言し、いわゆる「アメリカファースト（米国第一主義）」を掲げている。これにアメリカ国民がわりと賛同しているんですよ。

養老　ウクライナ支援も打ち切ると言っていますしね。

田原　NATOやアメリカがウクライナを全面的に支援しているから、今もロシアの攻撃に対抗できている。でもトランプ氏は、大統領に返り咲いたらウクライナ支援をやめると言っているからね。おそらくアメリカがウクライナ支援をやめたら、ウクライナはロシアに降伏せざるを得ない。どうですか、アメリカさえよければいいというトランプ氏の主張については。

養老　まあ、それぞれの国が自力でやっていくというか、どれだけ自給自足できるのかということが問われる時代がやってくるでしょうね。日本なんか、食料やエネルギーとか必要なもののほとんどを海外からの輸入に頼っているじゃないですか。食料自給率の低い国はこれから大変ですよ。

田原　日本の食料自給率は40％前後、エネルギー自給率なんてたったの11・8％ですよ。

養老　そんな国が、きちんと自立していけるのかということですね。じゃあ、グローバル化すればいいのかといえば、どうもそういう才能はあまりないみたいですね、日本人は。

田原　どうすればいいですか。

養老　うーん、こういうとき、ユダヤ人のように非常に古くから、それこそ有史以前から商売や金融業を担ってきた民族は強いですよね。取り引きの仕方とか身についていますから。日本人の場合、ほとんどが農業ですからね。

田原　アメリカも世界有数の農業大国ですよね。そういう意味では、アメリカは自給自足していけるんじゃないですか。

養老　あのままでは潰れますね。

田原　何が？

養老　アメリカの農業です。たとえばアメリカ中西部の農業では、地下深くから化石水を汲み上げて使っているんです。化石水というのは、太古の時代に海だった地域が長い年月を経て陸地になり、地中に残存した海水が地下水となったもので、汲み上げ過ぎれば当然なくなってしまう。今、それを汲み上げてスプリンクラーで撒《ま》いているわけですから、続けていたら、いずれ枯渇しますよ。飛行機に乗って上空から中西部を見ると、畑が丸いんですよ。スプリンクラーを使って中心から水を撒いているから、畑が丸くなるんですね。初めて見たときはなんだろうと思いました。しかも、スプリンクラーを回すエネルギーは、石油か石炭だろうから、この農法は長くは続かないんじゃないかな。それはアメリカ人もわかっているはずですよ。

田原　わかっているのに、やめないわけだ。第二次世界大戦後ね、世界を仕切ってきたのはアメリカですよね。アメリカがどんどん力をなくしていったら、これから世界はどうなりますか。

養老　それぞれの国が自立していけばいいんじゃないですか。それがお互いに喧嘩を始めると、ほんとに困っちゃいますね。まあ、アメリカに関して言えば、大統領が替わったらどうなるかわかりませんね。

田原　これがやっぱりアメリカの面白いところでね。日本だったら、トランプ氏みたいにあんなにたくさんのスキャンダルを抱えている政治家は、もう駄目ですよ。それでも失脚しないということは、それだけアメリカ国民がトランプ氏に期待している部分が多いんだよ。

養老　11月5日には選挙が実施されますから、そこからどうなるか見守りたいですね。

自国ファーストは鎖国への第一歩ではないか

田原　さらに言うと、アメリカでもグローバリズムというのが流行った時代があった。国境を越え世界市場を活性化させることが目的だったけど、それが人件費の高騰を招いてしまいました。そこで、アメリカの多くの企業がメキシコやアジアなど、人件費の安い国に自社の工場を移設しはじめた。その結果、デトロイトなど中西部の旧工場地帯が廃墟になって、失業者がやたら出たんですね。だから、トランプ氏みたいに、自国さえよければ他国はどうでもいいという考えの人間が出てくるんだよね。この傾向をどう思いますか。

養老　このまま進むしかないんじゃないですかね。僕、去年（2023年）、ブータンに行ったんです。ブータンはもともと観光立国ですから、新型コロナウイルスの影響で観光客が激減したこともあり、自国に仕事がなくなってしまった。その結果、労働生産人口の4分の1が国外に流出してしまったようです。高校卒業以来、30年ほどガイドとして僕の虫捕りなんかに付き合ってくれている男性がいたんですが、その彼もオーストラリアに行っちゃいました。国王が替わって、現国王のコンサルティングにアメリカ人を入れたことも大きかったですね。ブータンは日本でいう都道府県くらいの単位の小さな国ですから、グローバリズムに入られると、一発で変わってしまうんですね。かつては国民の幸福度が高いことで知られていたのに、今は失業率が上昇して「不幸度」が高まっているというんですから。

田原　世界には、アメリカ、中国、ロシアと大国がありますね。でも、ブータンもそうだけど、日本みたいに小さい国は、どうすればいいんだろう。

養老　やっぱり自力でやっていくしかないですね。

田原　イギリスですらね、移民が入ってくると自国の失業者が増えるというので、ＥＵ（欧州連合）から離脱しちゃいましたね。つまり、トランプ氏みたいに自国さえよければいい、世界のことはどうでもいいという話ですよ。ドイツも、今にそうなりますね。メルケル前首相はＥＵを大事にしたけど、やっぱり移民を大勢受け入れてしまうと、ドイツが大変なことになると批判を浴びました。ヨーロッパもどんどん自国ファーストの傾向になっているというふうに僕は見ています。

メルケルに対する批判　2021年に引退したメルケル首相（キリスト教民主同盟）は2015年の難民危機時に100万人の移民受け入れを主導するが、この政策で大きな批判を浴びることになった。さらに、EU全体で移民に関する新たな協定が必要だと訴えるが、メルケル氏と対立するキリスト教社会連盟を率いるゼホーファー内相（当時）は、身分証明を持たない移民は追い返せるようにすべきだと主張。この難民受け入れ政策がきっかけとなり、メルケル氏は求心力を失っていった。

養老　政治的には、いわゆる右翼が強くなりましたね。

田原　日本でもね、その傾向はあります。特にネットの世界ではどんどん右翼が強くなっている。右翼が強くなると他国の批判をするんですね。

要するに韓国は駄目だ、中国は駄目だと他国の批判をする。もっと言うと、他国の批判をするとウケるんですよ。ネットに限らず週刊誌も書籍も売れるものだから、こぞって批判するわけだ。いわゆる「ヘイト本」だね。物事の本質をまともに考えてない。

養老 そんなことをしていると、だんだん結論が鎖国に向いていきますよ。

チャレンジする人間を育てられない、それが日本の大問題

田原 1980年代、日本経済は世界一よかったんですね。「ジャパン・アズ・ナンバーワン」。アメリカはそんな日本に自由貿易を迫ったわけです。

要するに、アメリカへの輸出を制限して輸入を増やせと、こういうことです。僕は当時の首相だった、中曽根康弘さんに言ったんです。アメリカの言いなりになってばかりいて、なんで「ノー」と言えないんだと。そしたら中曽根さんが、文句は言いたいんだけど言えないんだ。なぜなら日米地位協定で日本はアメリカに守ってもらっているからだと。そうやってアメリカに締めつけられて、日本は1990年代に入って不動産価格や株価が大きく下がり、景気が悪化し、ドーンと不況になった。いわゆるバブル崩壊です。そこからなんで日本経済は活性化できないんでしょう。

養老　経済の話になると、必ず失われた30年がどうこう言われますよね。日本のGDPが4位になったと大騒ぎしているし。

田原　そう4位、ドイツに負けたんだよ。

養老　でも僕は、なんで今頃そんなことで騒ぐのかが不思議でね。僕が言いたいのは、失われた30年と言っているけど、その30年の間、仮に日本がね、いわゆる先進国並みに経済成長したとしたら、日本が排出した温室効果ガスはどれだけの量になっていたかということですよ。もし、日本が経済成長していたら、温室効果ガスが相当量増えていたはずだと国際社会に訴えればいいんですよ。世界の環境保護に日本の企業が大いに貢献してきたんだと。

田原　日本企業の貢献が大きい、なるほど。ちょっと話は変わりますが、僕は宮沢喜一さんとわりと仲がよかったんですよ。その宮沢さんが総理大臣のとき、日本は大問題だと言っていて、どういうことかと聞いたら、日本の政治家がG7（先進7カ国首脳会議）をはじめとした国際会議でまったく発言できないんだと。それは英語ができないからかと聞くと、まったく違う。教育が悪いと言うんですよ。日本の教育は小学校、中学校、高校と、みんな先生が問題を出して、正解を出さないと×になると。つまり、独創的な答えを導くことはしないというわけです。なるほど、その通りだと思い、僕、7、8年前に文部科学省の官僚に言ったの。大学は創造力を養う教育をしなきゃいけない。だから大学入試でも創造力のある人間、チャレンジ精神のある人間を合格させるような体制をつくるべきだと言いました。でも、そんなことしたら採点する人間がいないと、こう言うんですよ。大学に入学した後も、正解しか認めない、正解以外の人は駄目、というやり方だから、正解のないG7で、日本の政治家はまったく発言できない。これはどう思いますか。

養老　やっぱり本気で詰めて考える癖がないから、ほどほどのところで考えるのをやめちゃうんでしょうね。

田原　なんでほどほどのところでやめるんですか。

養老　物事を詰めて考えるのは、あまり意味がないと思っているんじゃないですか。僕も若い頃は、理屈を言う癖があったからわかるんですが、理屈を並べていくと、どこかの段階で相手が聞いてないということが起こる。

田原　でも、養老さんは今でも理屈を言っている人でしょ。

養老　そうですね（笑）。

田原　教育も経済と同じで、この30年、成長できないシステムがつくられてしまったんじゃないでしょうか。

養老　そういうことを言うんだったら、○×でしか判断されない教育を受けたくらいで目の前の状況を突破できないようなら、そもそも駄目だということですよね。どんな教育を受けても、やる気のある奴というのは、それを突き抜けてくるはずだから。豊臣秀吉じゃないけど、八方塞《ふさ》がりなら俺が行って切り拓いてやるという、そういう勢いがないんですよ。思いきってやるという気概がないんじゃないですか、今の若者に。

負けるとわかっている戦争になぜ反対できなかったのか

田原 なんで日本には、やる気のある若者がなかなか出てこないんでしょう。

養老 かの戦争で懲りて、無理をするというのはよくないというムードが日本に残っているからじゃないでしょうか。

田原 もっと言うとね、なんであんな負けるに決まっている戦争をやったんですか。僕は歴史をわりと勉強しているんですが、第二次世界大戦のそもそものきっかけになったのは日中戦争ですよね。しかし、日中戦争に関しては、当時、満州事変を率いた思想家の大川周明や北一輝《きたいっき》、それから当時の総理大臣の近衛文麿《このえふみまろ》も本心では大反対でしたよ。

満州事変　1931（昭和6）年9月18日、中国東北部・奉天《ほうてん》（現・瀋陽《しんよう》）郊外の柳《りゅう》条湖《じょうこ》で、日本軍が南満州鉄道の線路を爆破。それを中国軍の行為だと主張し、関東軍参謀の石原莞爾《いしわらかんじ》を中心に軍事行動を開始した。その翌年の1932（昭和7）年、日本は中国東北部・満州に傀儡《かいらい》国家である満州国を建国した。

日中戦争　満州国建国後、関東軍はさらに華北（中国・北部地域）も日本の影響下に置こうと華北分離工作を行なった。この一触即発の状況の中、1937（昭和12）年7月に北京郊外の盧溝橋《ろこうきょう》で日中両軍が武力衝突したことをきっかけに日中戦争が勃発。当時の近衛文麿内閣は当初、不拡大方針をとったが、軍部はこれを無視し戦争は長期化していく。アメリカ、イギリスなどは中国を支援し、日本も戦時体制を強化するが、解決がつかないまま1941（昭和16）年、大東亜戦争（太平洋戦争）へと突入することとなった。

田原　日中戦争なんかやったら、日本は中国に完全にやられる、さらにアメリカに負けるに決まっていると、近衛文麿は内心では大反対だったんですね。ところが二・二六事件（1936年）で、軍に反対する政治家が暗殺されて、近衛は自分も殺されることを恐れて反対と言えなかった。で、日中戦争に突入してしまった。それで、アメリカの思うつぼになって、大東亜戦争をやらざるを得なくなった。ただ、近衛は日中戦争はやるけど、早く終えて、蒋介石《しょうかいせき》と和平のための話し合いをしようと思っていたんだよね。最初、蒋介石は相手にしなかったけど、上海が陥落した頃から応じる姿勢を見せるようになった。しかし、和平の条件は日本が賠償金を支払うなど極めて厳しいもので、結局話し合いができずに終わってしまったわけだ。そもそも、なんで日中戦争に反対できなかったのか。なんですか、これは。

養老　政府は反対しているのに、軍部が強すぎた。

田原　なんで総理大臣にまでなった人間が、命が惜しいからと反対のことをやっちゃうんですかね、この国は。総理大臣だったら命を懸けろと僕は言いたい。政府と軍の関係でもっと言うとね、１９４１（昭和16）年、近衛文麿はなんとかして日米開戦を避けるため、アメリカのルーズベルト大統領と何度も交渉を重ねたんですよ。近衛は戦争を回避しようとしたのに、当時の陸軍相、東條英機がこれをはねのけた。結局、近衛は東條を説得できず、内閣総辞職に追い込まれました。代わって総理大臣の座に就いた東條が１９４１年12月に真珠湾を攻撃し、太平洋戦争に突入してしまったというわけです。

養老　正気の沙汰とは思えないというか、まともに考えたら、戦争には反対しますよね。それは陸軍もわかっていたはずですよ。

田原　もちろん。

養老　だけど、戦争回避の意見が通らなかった。僕もそういうことをあまり知らないんだけど、集団心理というのかな、それは日本の文化の中にもともと根強く存在するものじゃないでしょうか。

田原　どういうことですか？

養老　日本の文化の中に存在するもので、僕の唯一の経験は大学紛争です。全共闘というやつですよ。全共闘の学生たちはだんだん少人数になっていくんだけど、全体を動かしちゃう。全共闘をたどっていくとどこにたどり着くかというと、戦時中の皇道派です。戦前の皇道派がまさに二・二六事件のバックで、それをさらにたどっていくと、明治維新における尊王攘夷《そんのうじょうい》の志士というやつにいき着く。

全共闘　正式名称は「全学共闘会議」。1960年代後半の大学紛争の際、全国の大学で結成された学生組織で、既存の自治会組織とは別に、各大学で学生たちによってつくられた。

皇道派　昭和期の大日本帝国陸軍内に存在した派閥。皇道精神を唱えたことなどから、この名称がついた。

田原　僕はね、実は大学紛争のとき、全共闘を全面支持したんですよ。だけど、途中で失敗だと気がついたの。全共闘の一番の問題は、彼らはアナーキー（無統治状態）だということなんですよ。完全な反体制ですね。具体的に何かしたいことがあるわけじゃなく、当時の権力に反対したいだけなんですよ。途中で、これはちょっと危ないなと思うようになった。

養老 当時、全共闘と徹底的に対立していたのは、共産党系の民青（日本民主青年同盟）です。今は大学紛争なんかないから、若い人は全然わからないと思うけど、政治問題が先鋭化してくると、体制内改革派と革命派という二つのタイプが出てくる。民青というのは体制内改革派で、全共闘が革命派です。つまり、日本人が本気で闘おうとすると、非常に極端な方向に走ってしまうというわけです。それは明治維新以降、全然変わっていないなと感じます。

日本には明治維新からのストレスが残っているんです

田原　養老さんとしては、日本は今後どうあるべきだと考えますか。

養老　日本は島国だから、孤立した独自のシステムがあるんですよ。ところが、明治維新で無理やり、欧米の文明を取り入れた。当然、国民の間にストレスが溜まり、それが西郷隆盛を動かし、西南戦争へとつながった。

田原　ストレス？

養老 日本人は武士の社会で何百年もやってきたのに、明治維新でいきなり西洋式に変えようとしたわけです。でも、そんなことしたらストレスが溜まりますよね。西郷さんはそのストレスを体現して反乱を起こした、それが西南戦争です。僕、子どもの頃、西郷さんてなんで偉いのか全然理解できなかったんだけど、今になって、いわゆる明治維新のマイナス面を背負ってくれた人だったということがわかった。だから人気があったんです。

田原 なるほど、明治維新は、ある意味グローバリゼーションでもあったわけだ。

養老 そうです。まったく別のやり方を持ち込んで、日本を変えようとしたんです。だから僕は、アメリカ人も能天気だけど日本人も能天気だったと思いますよ。アメリカ人が簡単に日本を変えられると思うのは無理もないんですよ、200年しか建国の歴史がないんだから。でも、日本みたいに1000年以上の歴史がある国に、そういうものを持ち込んで、果たして切り替えが可能なのか。日本人ならわかるはずですよね、それは無理だということが。違う文明がぶつかればどうなるかということを、明治維新の当事者である日本人は一番よくわかっているはずなんです。だから、日本人がきちんと客観視して、自分たちに起きたことをきちんと説明できるようになれば、今起きている世界の問題は解決できると思いますよ。ノウハウを持っているはずなんだから。

田原　日本は世界を引っ張れるはずだと。

養老　だけど、そこをきちんと学習せず、半端なままに来ちゃったんです。

そうした明治のストレスをよく表現しているのが夏目漱石ですね。人間は個性があって当たり前という、いわゆる西洋近代的自我で苦労して、最後は則天去私《そくてんきょし》の心境になってしまった。

則天去私　「天に則《のっと》り、私を去る」と読み下す。自然の道理に従い、狭量な私心を捨て去り、崇高に生きることを意味する。晩年の夏目漱石が理想とした心境で、「大正六年文章日記」の1月の扉に掲げてある。

田原　今、世界に目を向けると、環境破壊も大問題になっていますが、それについてはどう思いますか。

養老　日本は比較的、簡単だと思っています。

田原　え？

養老　そんな議論をしている間に、南海トラフの地震が起きます（2024年8月8日、宮崎県日向灘を震源とする最大震度6弱の地震が発生。南海トラフ地震発生の可能性が高まっているとして、気象庁は同日、南海トラフ地震臨時情報「巨大地震注意」を出した）。それに首都直下地震と富士山噴火でも起きたら、もう議論なんかしている場合じゃありません。完全に「ご破算で願いましては」となります。食料をなんとか身近なところから調達しないといけない、エネルギーもそうですね。今、田原さんがおっしゃったような環境破壊に関する議論は、すべて普通の日常生活のうえに成り立っているものです。ところが大地震が起きて日常生活が壊れてしまえば、食べ物や水はどうやって確保するか、トイレはどうするかという問題が発生して、環境破壊について議論するどころじゃなくなります。そう考えると、東京なんてよく住んでいられるなと思いますよ。

2011年3月11日に起きた東日本大震災の後、2日目にはもうコンビニもスーパーも棚が空っぽだったでしょう。次に同じ規模の大地震が起きたら、きっと東京はそれ以上の騒ぎになりますよ。みんなどこまで安心しているんだろうなあと心配になります。

第3章

戦後日本の大問題を語る

政治から虫の減少まで、言いたいことは山ほどある

政治家の仕事は政治のはず。どうしてカネで揉めるかなあ

田原 今の日本の政治を見ると、とんでもないスキャンダルが起きていますよね。

養老 そうですね。

田原 一番わかりやすいところで言えば、派閥の政治資金パーティで、パーティ券収入の一部を政治資金収支報告書に記載していなかった。それが国会議員たちの裏金になっていた。記載すればいいだけのものを、記載しないから大問題になった。何人もが同じことをしていて、しか

も派閥のトップが記載するなと言ったという。東京地検特捜部が自民党の安倍派と二階派の家宅捜索に入り、派閥の会計責任者が政治資金規正法違反の疑いで逮捕されたり、在宅起訴されたり、とにかく大騒ぎでした。どうですか、これは。

養老　僕は記載するしない云々《うんぬん》より問題だと思うのは、政治家というのは政治が仕事ですよね。だから、その筋で政治家の善し悪しを決める議論をするならともかく、カネの記載とかなんとかで政治家の足を引っ張ったりするのは話の筋が違っていませんか、ということです。そのカネがどこに流れて、どういうふうに使われたかまで完全にわかればまた別ですけどね。何に使っているのか、まったくわからない。これだから日本はいい政治家が出てこないんですよ。政治家を評価する自分の物差しを持ってないと、これから大変なことになりますね。

田原　もっと言うとね、今の日本の政治がめちゃくちゃになっている原因は検察です。アメリカやヨーロッパで、ここまで検察が強い権限を振るえば、国民から猛烈な批判が出ると思うけど、日本は違う。今回のように検察が捜査に入って、しかも国会議員を逮捕まですれば、「よくやってくれた」という話になるわけですよね。

養老　僕も、ロッキード事件で田中角栄さんが東京地検特捜部に逮捕されたときにそう思いましたね。前首相を縄つきにできるんだったら、政治はいらないじゃないかと思いました。

ロッキード事件　米国の航空機製造大手、ロッキード社が日本への大型旅客機の売り込みに際し、多額の賄賂を政財界に渡したとされる事件。当時首相だった田中角栄にもロッキード社の代理店を通じ5億円が渡されたとされ、1976年7月27日、田中は逮捕された。在任中の職務について首相経験者が起訴されたのは初めてのこと。

田原　でも、あの事件を仕組んだのはアメリカだと僕は思う。だから、日本中が田中角栄は悪者だと言っていたとき、雑誌「中央公論」で、僕は田中角栄を失脚させたのはアメリカだ、検察はアメリカの手下になって田中角栄を駆逐したと書いたんだよ。

養老　つまり外圧ですよね。

田原　当時の日本は、外圧でしか変われない時代だったから。

養老　田中角栄さんについては、事件のだいぶ後になってテレビ朝日の「茂三の渡る世間の裏話」という番組にゲストで呼ばれて、ホスト役の早坂茂三さんと対談したことがあります。

田原　早坂茂三って田中さんの秘書だった人？

養老　そうです。その早坂さんにテレビの収録が終わってから聞いてみたんですよ、「あのとき、金をもらったが、それがどうしたとなんで言わなかったの？」と。そしたら早坂さんは、「俺もそういう意見だったんだ」と言っていました。だけど、田中さんの弁護団が、かつて検事総長を務めたとか、そういうすごい人たちで、裁判の論理からすると、もらったと言ってはいけないんでしょうね。「オヤジ（田中角栄）がノーと言ったから俺の意見が通らなかったんだ、俺が負けたんだ」と言っていましたね。

田原　なるほど。

養老　あそこでもうちょっと田中さんの本音が出てればね、政治とカネの問題は、もっとすっきりしたんじゃないかと思うんです。それを法手続きで縛って、無理やり正しい方向に持っていくみたいな筋書きになってしまった、これは官僚が考えたに決まっていますよ。僕は、日本の社会って、実は言葉では縛られないと思っています。そう言うと、文科系の人たちは絶対に嫌がるけど。言葉で縛られないということは、憲法9条を見ればよくわかります。憲法には自衛隊は軍隊じゃないと書かれていますが、実際はボコボコ大砲を撃っているんですから。そのうえ、「兵隊」という言葉は禁句。兵隊という言葉は自衛隊の中では使えないものですよね。

田原　だって自衛隊は軍隊じゃないんだもの、憲法では。警察の延長なの。

養老　そうそう、だからそういうところはやかましいんですよ。実際の状況はそうじゃないのにね。

英語の文章を突き詰めていくと、嘘がバレる

養老　日本語の世界って、言葉と実態がずれちゃっているんです。僕、1971年にオーストラリアのメルボルン大学に留学していたんですが、そこで交通事故を起こして警察に書類を出したことがあるんですよ。あれはなんていうんだろう、調書っていうのかな。そのときに、英語で書類を書こうとすると嘘をつけないんだな、というのをしみじみ感じました。

田原　ん、どういうこと？

養老　実際に自動車事故を起こした現場まで行って、どの程度の距離から、どのくらいの速度で、どうやってぶつかったかということを、事細かく書くんです。なぜそう書かなきゃいけないかというと、そうしないと、英語の文章にならないからです。日本語だとそういうところを省略してもちゃんと文章になるけど、英語でそれはあり得ないんですよ。

田原　なるほど。

養老　そうか、だからあいつらはこれまで正直に証言してきたんだなと。つまり、自分に都合のいいように証言しようとすると、実際と違うことを書かないといけない。つまり、真っ赤な嘘をつかなきゃいけない。

きちんと現場の状況に沿うように書かないと、正直に言っていないことがバレてしまう。だから証言が有効になるんですよね。だけど日本は自白主義でしょ。要するに、「語るに落ちる」というやつです。しゃべらせておけば本人が正直に話しているか、嘘をついているかすぐわかる。そういう言語構造なんですね。

田原　ちょっと聞きたいんだけど、英語と日本語は構造的に違うんですか。

養老　そう思います。要するにＯＳ（オペレーティング・システム＝パソコンの操作やアプリなどを使うために必要なソフトウェア）が違うんですよ。Ｍａｃ（マック）のコンピュータにウィンドウズのソフトを入れても動かないのと一緒ですよ。言葉の問題はけっこう大事だと思うんだけど、言わないんですよ、みんな。特に文科系の人が一番考えないといけないことだと思うのに。

田原　僕は英語をろくに勉強してないから、その違いがよくわからないんだけど。

養老　要するに具体的なんですよ、英語というのは。とにかく現実に即して詳細に説明しないと、正直に言っていないことがバレてしまう。日本語にはそれがないんですよ。そのかわり、日本語が非常に優れているのは、当人がそのことについてどう思っているかがよくわかる。たとえば、交通事故の場合だったら「俺は悪くない」というのは日本語でいくらでも言えるんですよ。悪くない理由をいくつも並べて、最後の最後まで俺は悪くないと言っていればいいわけで。でも、英語だと現場に足を運んで確認したうえで、具体的に何がどうやって起きたか、その事実だけを言わないといけない。

田原 英語だと「俺は悪くない」と言えないわけね。なるほど。

養老 関係ないんですよ、本人がいいも悪いも。だから彼らは「ドキュメント」と言うわけですよ。さっきも話しましたが、ドキュメントが何より大事なんです。

田原 日本語はドキュメントがないと。

養老 そう、ない。僕はたまにNetflixで中国の歴史ドラマを観るんですが、中国の王朝には皇帝が朝起きてから何をしたかというのを詳細に記録していく官職があるんですよ。皇帝が日々、何をしていたかという事実を全部ドキュメントとして残すわけです。それを見て、後世の人間が、その王朝の統治は成功したのか、失敗したのかと判断するわけですね。

田原 なるほど。

養老 そうやって事実と言葉を絶対的に対応させていくわけです。

政治家も医師も世襲が多いのにはわけがあります

養老 最近読んだ本の中で不思議だなと思ったことがあります。伊藤祐靖《すけやす》さんという自衛隊に特殊部隊をつくった人がいるんですが、彼が父・伊藤均さんのことを『陸軍中野学校外伝 蔣介石暗殺命令を受けた男』（角川春樹事務所）という本に書いたんですよ。伊藤均さんは戦時中に、スパイ養成校ともいわれていた陸軍中野学校で学びながら、工作員として蔣介石の暗殺命令を受けていた人物です。その本の最後に白いページが1枚あって、そこに2行だけ、「この作品は、事実に基づいたフィクションである」と書いてあるんです。それ見て、頭が変になりそうでしたよ（笑）。

田原 どういうことなんだろう。事実に基づいたフィクションというのは。

養老 そのくらい混乱しているんでしょう。実は、伊藤さんのお父さん（均さん）は終戦直前に軍籍を剥奪されているんですね。陸軍中野学校に在籍していたという事実は、経歴にいっさい残らないようにしているんですよ。それ以前から陸軍に入っていたわけですけど、それを含めてきっと軍籍を消したんでしょうね。日本ってそういうことを平気でするから、事実がなんだかわからなくなっちゃうんですよ。ドキュメントの概念がないんですね。だから、後世の人が調べていくと、伊藤さんのお父さん、伊藤均という人は、陸軍とはいっさい関係がなかったという結論にたどり着くわけです。

田原　なるほど。

養老　本を書くにあたって、たぶん伊藤（祐靖）さんは相当悩んだんでしょうね。息子が親の伝記を書くわけだから、客観的に見られるはずがなく、ある種のフィクションに決まっていますよね。そこらへんでいろいろ悩んで、そういうわけのわからないコメントを最後につけたんでしょう。

田原 なるほどね。今のね、親父と息子の関係で言うと、政治の世界では世襲というのが大問題になっていますね。これはどうですか。

養老 医者も多いですよ。

田原 え、医者も多いの？

養老 何事もそうですけど、物事には裏表がありますね。小さいときから医者の作業を見ているということは、非常になんていうか。

田原　プラスになる。

養老　そうそう。それが政治の世界によく似ているんですよね。「声望《せいぼう》」という言葉があります。名声と人望があるという意味ですが、そういうものが閉鎖的な社会では代々受け継がれていくんですね。だからやっぱり医者と政治家は二代目、三代目が多くなってしまうわけです。

田原　なるほど、それはその通りだね。それに、医学部に入るためには、お金が要る。つまり金持ちじゃないと医者になれない。日本の開業医の大半が富裕層だということも二代目、三代目と続く理由じゃないですか。

養老　僕の時代はそんなに格差はありませんでしたよ。なにしろ国立大学の医学部なら一万円札1枚持っていけば、入学金から1年分の授業料が払えちゃった時代ですから。今の価値にしたら60万~80万円くらいでしょうか。そういう意味では、当時の社会はいろいろな可能性がありましたね。

薬不足、車の不整備、原因はつながっているのです

田原　医療の話で言えば、今、非常に深刻なのはね、薬が少ないことですね。なんで、こんなに薬が少ないんですか。

養老　一つはジェネリック問題ですね。

田原　どういうこと？

養老　ジェネリック医薬品を製造する会社で品質不正問題が発生して、薬の製造が一時期ストップしてしまったんです。新型コロナウイルスやインフルエンザの流行で薬の需要が増えて、供給が追いつかなくなったことも影響していますね。そうなると、需要が少ないところは削られてしまう。たぶん、今の経済システムだと何事もそうなると思うんですね。たとえば車もそう。決まった車種の車しかつくらなくなってしまう。

田原　車の種類が減ってしまう？

養老　そうです。林業など森林関係の仕事をしている人が森の中を走るための車を探そうとしても、日本にはないですね。

田原　日本はトヨタに代表されるように世界に誇れる自動車メーカーがいくつもありますが、それでも車種が少ないんですか。

養老　結局、経済性、合理性、効率性を考えていくと種類が減ってしまう。その中で自分の作業や仕事に都合のいいような車を探そうとすると大変なんですね。薬もそうだと思いますよ。要するに利益を中心に考えたら、いろいろな薬をつくっても無駄だということになる。患者さんの数が少ない病気の薬は、つくってもたいして儲からないから、その部分は切り落とす。製薬会社も、特殊な車はつくらないという自動車メーカーと同じ考えでしょうね。

田原　ただ、新型コロナウイルスの治療薬は、ずいぶん増えましたよね。ところが、2024年4月から、コロナの治療薬に対する公費負担がなくなったことで、患者さんの支払い額が大きくなってしまった。それで、薬はあるのに飲まない選択をする人も多いようです。うまくいかないもんですね。

ジェンダーギャップ？　日本は昔から「かかあ天下」ですよ

田原　僕は2年前から超党派の女性議員を集めて勉強会をやっています。クオータ制導入が実現するまで続けようと思っていますよ。

クオータ制　女性の社会参加推進に向けた取り組みで、議会での男女間の格差を是正するため候補者や議席の一定数を女性に割り当てることを目指す制度。

養老　さっき（第2章）、アメリカ大統領選挙の話をしたときに、バイデン氏もトランプ氏も家族が出馬を止めないものかという話をしましたが、そのことと、ジェンダーギャップとは関係が深いと思うんですよ。

田原　うん？　どういうこと？

養老　日本の場合、家の中、つまり内側では妻の力が非常に強い。それで外側の男性優位の社会とのバランスを保っているわけです。それなのに外側だけを見て、日本はジェンダーギャップ指数が118位（2024年）だ、女性の地位が低いとか言って嘆いている。

田原　日本は、家の中はみんな「かかあ天下」ですよ。

養老　そう。田原さん、杉本鉞子《すぎもとえつこ》という女性を知っていますか。

田原　いや、どんな人ですか？

養老　アメリカに渡って、コロンビア大学で初めて日本人女性として講師を務めた人です。

杉本鉞子　1873（明治6）年生まれ、1898（明治31）年に結婚のため渡米。夫の死によりいったん帰国するが、1916（大正5）年に再び渡米。現地で雑誌や新聞に寄稿を続ける中、日本の生活を綴った「武士の娘」の連載を開始。のちに書籍化され、全米でベストセラーとなる。

養老　その杉本鉞子がね、アメリカで結婚し、奥さんたちの集まりに出たら、日本はやっぱり遅れている、女性に権利がない、かわいそうだと言われるわけですよ。でも、日本では家計は全部奥さんが握っているという話をすると、むこうの奥さん方がね、私もそのほうがいいと言い出すわけです。これは彼女の著書『武士の娘』（ちくま文庫）に詳しく書かれています。だから外側の、いわゆる男性社会だけを見て、女性の地位が低い、ジェンダーギャップ指数が118位だって騒いでいるのを見ると、バカじゃないかと思う。明治時代からそうやって女性が社会を仕切ってきたんだと。

田原　今、ジェンダーギャップの話をすると、女性蔑視の象徴的な人物として森喜朗さんの名前が挙がるよね。僕は森さんと奥さんの3人で何度も食事をしているけど、あのうちは完全なかかあ天下だよ。森さんは何でも奥さんの言う通り。なのに、女性が社会で偉くなるのは難しい。その理由は非常にはっきりしている。僕は、日本の経営者と会って、なんで女性は企業で偉くなれないんだと何度も聞いています。答えはいつも同じで、女性は子育てにエネルギーを取られるから、子どもがいると残業はあまりできない、大きな仕事は任せられないと。最近は産休や育休が取りやすくなって、女性管理職比率も向上するなど、だいぶ変わってきてはいるみたいだけど。やっぱり、女性が家事・育児・介護などを担っているから役職を務めるのは難しい、そう考える経営者もまだいるってことだね。

養老　だいぶ前ですけどね、定年離婚というのが流行ったというか、注目されたことがありましたね。あの頃、社会心理学者の菅原ますみさんという人がね、（神奈川県）川崎市でずっとアンケートを取っていたんですよ。それこそ何千所帯という数。その中の、「なぜ定年離婚をするのか」という項目をチェックしたら、原因は極めて簡単で、夫が子育てに本気でなかったことだと。さらに面白いのは、結婚後5年ごとに夫の妻に対する愛情と、妻の夫に対する愛情というのをアンケート結果からグラフにしたんです。そしたら、男性は15年経っても横ばい。女性の場合は必ず右肩下がりになる。5年、10年、15年と、妻の夫に対する愛情は、だんだん減っていくらしい。その理由の1位も、夫が子育てに本気でなかったことだそうです。

田原　養老先生も、子育ては奥様任せだった?

養老　冗談じゃない、僕なんかは、育児ノイローゼじゃないかとまわりが心配するくらい子育てしていましたよ(笑)。夜泣きしたら僕が抱いてあやして、女房は寝ていましたから。

田原 それはすごい。

養老 僕の母親が小児科の医者でしょ、僕には13歳年上の姉がいて、うちはもう女性中心の社会でしたから。とにかく女性なしでは夜も明けない。

田原 僕なんてね、2度結婚して、2度とも女房の言いなりでしたよ。1回も論争したことないよ。全部、女房の言うことを聞いていた。養老さんの奥さんはどう?

養老 神様です(笑)。おカミ(神)さんです。

田原　喧嘩しない？

養老　若い頃はしましたけどね。でも、相手の意見を1センチずらすだけでも死ぬ思いでしたから、それなら相手の言う通りにしておいたほうが話は早いというのに気がついた。だからほとんど絶対服従ですよ。

田原　でも、奥様がものすごく気が強いとか、そういうわけじゃないんでしょう。

養老　まあ、普通でしょうね。母親もそうでしたし。うちの母は一人で働いていましたけど、父親よりも男まさりというわけではなかったですね。

田原　なるほど。

養老　よく言っていましたよ、女でよかったと。男だったら、いろんなことでもっといじめられるはずだったと。でも、まわりの人が皆、庇《かば》ってくれて、ありがたかったと言っていましたね。

田原　まわりが守ってくれたわけだ。

養老　男社会を逆手に取っていたとでも言うのかな。そのかわり、医師会の役員とか公の仕事は一切していませんでした。男性医師だったら、当然医師会の役員とかやるんでしょうけど、まったくやらず、男性社会を上手に回避していましたね。

田原　僕の2番目の妻、田原節子は日本テレビでアナウンサーをしていたんだけど、１９７０年代、女性解放運動のための会を立ち上げて、

1975年にメキシコで開かれた「国際婦人年世界会議」にも出席しましたよ。当時はウーマンリブの時代だったからね。で、帰国したら職場の配置転換を言い渡された。その理由がひどい、「容姿の衰え」だっていうんだから。

ウーマンリブ　1960年代後半から1970年代前半にかけてアメリカからスタートした女性たちによる女性解放のための運動。女性解放を意味する「ウィメンズ・リベレーション（Women's Liberation）」を略したもの。女性たちは、社会の風潮や男性から見た「女性像」「女性のあるべき姿」からの解放を訴えた。日本やフランス、ドイツなど、世界中の多くの国に運動が広がっていった。

養老　それでどうしたんですか。

田原　もちろん闘いました。裁判を起こして、「元美貌アナの訴え」とかマスコミでも話題になりましたよ。結局裁判には勝ちましたが、配置転換は受け入れて、ＣＭプロデューサーとして10年くらい日本テレビで働いていました。その頃はまだ結婚してなかったけど、やるなあと思い、僕は応援していましたよ。

養老　そうか、確かに１９７０年代はウーマンリブの時代だった。

田原　あと僕はね、元朝日新聞の社員で、ジャーナリストの下村満子《しもむらみつこ》さんと親しくしているんだけど、下村さんはすごいの。当時はね、朝日新聞は女性記者をほとんど採用しなかったの。彼女はアメリカの大学院を出たばかりで新卒扱いにもならず、採用試験すら受けられなかったんだけど、朝日新聞の通訳のアルバイトから始めて、海外特派員や「朝日ジャーナル」編集長を務めるなど、同社の「女性初」を次々と切り拓いたんですよ。

養老　ほお。

田原　その下村さんがよくお茶出し論争の話をしてくれるんだけど、「別に女性がお茶を出して男性が気分よく仕事できるんだったら、お茶くらい出せばいいのに」って。偉くなっていけば「下村さんにお茶を出していただくなんて申し訳ない」って、自然に男性社員たちが自分たちでやるようになるから、目くじら立てることはないみたいなことを言っていましたね。

養老　女性の社会進出の統計とか見ていると、バカだねと思いますよ、女が偉いに決まっているだろうって。田原さん、知ってます？　哺乳類ってメスから発生するんですよ。ヒトをはじめ、哺乳類のメスの性染色体は、XX型、オスはXY型というのはよく知られていますよね。たとえばヒトの場合、卵子と精子が結合し、受精卵ができて、それが細胞分裂を繰り返していくことで胎児が成長していきますが、初めのうちは男女の区別はつかないんです。その後、XY型染色体を持つ胎児は男性ホルモンを分泌させることで、男の子になっていく。つまり、哺乳類のスタートは女性というわけです。

男性に同化せざるを得ない社会って、どうなんだろう

田原　アメリカやヨーロッパでは女性の社会進出が進んでいるけど、それで

も、組織の中で男女が同じくらい活躍できているかといえば、まだまだだね。

養老　ジェンダーギャップをなくしたいと思っても、人類社会ではなかなかうまくいかないですね。

田原　なんで日本は、ジェンダーギャップがこんなに残っているんだろう。

養老　でも平安時代だと、通い婚、つまり妻問婚《つまどいこん》でしょ。それが変わっちゃうのは、徳川家康が江戸幕府を開いて以降の侍の時代です。要するに、侍が政権をとって、刀を振り回すほうが偉いみたいになったんじゃないのかな。腕力は男が強いに決まっていますから。

妻問婚　結婚後も同居せず、夫が妻の家に通うことにより関係が維持される、平安時代初期に見られた婚姻様式。

田原　でも今はね、その時代は終わって、さっきも話したように、日本中の家庭がかかあ天下ですよ。なんでかかあ天下なのに、ジェンダーギャップが埋まらないいんだろうか。

養老　女性が男性に適応している社会構造、つまりホモソーシャル（同性同士の関係性）的なものに入りたくないいんでしょう。

田原　そういうもんかな。

養老 だから、政治なんて暇な奴がやるんだから、もっと女性がゆったり構えて「あんなことは男にやらせておけばいいのよ」と言っていればいいんですよ。

田原 でも、大事な問題を決定する場に女性がいないと、バランスが悪い施策になるというか、社会が歪《いびつ》になるんじゃないですかね。それで僕は、クオータ制導入を実現したいと思っているんですが。

養老 本当にそういうことを実現したいなら、女性会議をつくったらいいんです。女性議員だけで構成される女国会とかね。

田原 僕は小泉純一郎さんが総理大臣のときから、早く女性の総理大臣を誕生させろと言っているんだよ。

養老　なかなか実現しませんね。

田原　だって、衆議院で女性の議員は1割しかいないんだよ。

養老　今のようなシステムで出てくる女性は、男性化しているわけですよね。男性に同化せざるを得ないから、いい意味での女性の特徴が出ないんじゃないかな。だから、僕はあまり好きじゃないですね。だいたい東南アジアに行くとね、男はいらないってよくわかりますよ。男たちは道ばたにたむろしてタバコなんか吸っていますから。「お前ら、いつ働くの？」と聞くと、「コーヒーの収穫が来たら」と答えるんですが、実際に畑で働いているのは女性です。田原さんも行ってみてください。インドネシアあたりでは、完全に女性が中心ですから。

田原　同じアジアでも日本とは大違いですね。日本ではどうして男性が威張っているんでしょうか。

養老　この間、NHKテレビで歴史をテーマにした討論番組をやっていてね、そのときのテーマは『源氏物語』。大河ドラマでやっていますからね（「光る君へ」2024年）。そこで、当時の女性はどのくらい政治で力を持っていたのか、みたいなことを議論しているんですよ。そんなの全部女性が決めているに決まっているだろうと思いながら見ていたんだけど、やっぱりテレビに出ている人たちはそう思ってないんですよね。これが男社会だなと思いました。たとえば、侍の社会では表向きは男性が活躍したことになっているけど、戦国時代が終わったのも、おそらく女性の力でしょ。だって、女性の立場からしてみたらたまったものじゃゃないですよね。言ってみれば身内同士が殺し合いをしているわけでしょう。武田信玄みたいに自分の息子を死に追いやるなんて、冗談じゃないから、やめなさいよ、というプレッシャーを相当かけていたはずですよ。

田原　徳川家光を育て、大奥を束ねた春日局とか、歴史に影響を与えた女性はたくさんいますからね。

養老　表の役職がないから無視するというか、実態を見ていないんですよね。

田原　役職には就いていないけど、職場になくてはならない人っていますよね。

養老　いないとどうにもならないという人は確実にいます。そういう人が定年になっちゃうと本当に困るんですよ。パリの自然史博物館がそうです。生き字引みたいな女性職員がいたんですが、定年退職していなくなっちゃったから、虫の標本がどこにあるかわからない。

神って定義できないもの。一人一人が持っていればいい

田原　僕は明治時代の歴史を勉強している中で、伊藤博文という男に非常に興味を持った。

養老　初代の内閣総理大臣ですね。

田原　日本が幕末の頃、イギリスやアメリカ、それからフランスでは機械文明が一気に進んだ。そこで伊藤博文たちは、機械文明を導入しようとアメリカ、イギリス、フランスに視察に行き、そこで大発見をするんですね。それは何かというと、日本の経営者は損か得かを第一に考える。ところが、アメリカやイギリスはそうじゃない。彼らは損をしてもやらないといけないことがあると言う。それはなぜかと考えて、彼らが宗教を持っているからだと気づくんですね。これが大発見。そこで、伊藤博文は日本にも宗教が必要だと考え、ドイツで世界的に有名な哲学者に相談するんです。そしたら、その哲学者が、日本には仏教がある、仏教を国教にしろと言う。帰国後、その話を周囲にすると、それは駄目だと。仏教はもう信仰の対象にはなってない。しかも、仏教は他宗を邪教と言っていると。でも、伊藤博文は文明の基本には、どうしても宗教が必要だと思ったから、どうすればいいか考えに考え抜いて、西洋のキリスト教に代わる宗教として、天皇を中核に据えようと考えた。そこで彼らは、明治憲法をつくるんですね。面白いのはね、明治憲法では、天皇は「現人神《あらひとがみ》」なんですね。ところが1945年8月15日の日本敗戦後は、天皇を「国民統合の象徴」に据えた。どうですか、この話は。

養老　プロテスタンティズムと資本主義の精神ですね。

田原　養老さんは、宗教に興味がありますか。

養老　多少ありますよ。

田原　たとえば、どういう宗教に興味がある？

養老　何しろ、僕は住んでいるところが鎌倉で、近くにはお寺がたくさんありますから。子どもの頃は境内でもよく虫捕りをして遊んだりしていたので、お寺は身近な存在でしたね。

田原　宗教で言えばね、アメリカとかヨーロッパは一神教でしょ。日本は多神教ですね。一神教と多神教の違いってなんですか。

養老　やっぱり寛容性じゃないですか。一神教の人は寛容であれと言う必要があるけど、多神教はその必要がない。初めから寛容ですからね。

田原　なるほど。そもそも神っているんですかね。

養老　うーん、神って定義ができないものだから……。

田原　だって昔はね、天照大神《あまてらすおおみかみ》は太陽だから、天照大神が岩戸に入ったら真っ暗になっちゃったんですよ。でも、実際は地球が太陽のまわりを回っているんだったら、天照大神なんていないよね。

養老　それは理屈の問題じゃなくて、神の概念ですね。僕はそれが今、横行しているような気がしますけどね。物事を見るときに、上から見るというか、神様の視点に立っているような見方が増えていますね。

田原　ん、どういうこと?

養老　社会のこととかを議論していると、たまに、この人はどこに立って話しているんだろうと感じるときがあるんです。たとえば、今の日本をどうするかという話になったとき、その人は日本の外にいるのか中にいるのか、それとももっと別な場所にいるのか、そう考えるんですよ。客観的になろうとすればするほど、どこか遠い宇宙から物事を見ているような気がしてね。つまり、それは神様目線でしょ。今の人は平気で神様目線を取るんですよ。

田原　僕はね、地球が太陽のまわりを回っている、天照大神はいないということになれば、宗教は駄目になるんじゃないかと思った。でも、全然駄目にならないですね。

養老　なりません。

田原　なんでですか。

養老　人間の側にあるからですよ、問題が。

田原　どういうこと？

養老　宗教が必要なのは人間側であって、世界じゃないので。宇宙が神様を必要としているわけじゃなくて、人間が神様を必要としているわけです。

田原　そうか、人間が必要だから神様をつくったわけね。

養老　そうです。

田原　だんだん医学が進歩してね、あらゆる病気が治っちゃったら、神様は必要じゃなくなりませんか。そんなことないですか。

養老　というのは？

田原　昔は医学が発達していなかったから、病気を治すために神にすがるしかなかった。いわゆる神頼みというやつです。でも、医学が進歩してあらゆる病気が治るようになったら、だんだんみんな宗教に興味を失っていくんじゃないですか。

養老　そんなことにはなりません。だいたい病気を治す治さないという議論をしても、人間はいずれにしろ死にますからね。死ななくなったらどうしますか、という質問を受けることがありますが、そんなこと考えたくもないですね。それは死ななくなった人に考えてもらうしかない。神様の話で言えば、僕はずっと若いときからね、つくればいいじゃんと思っていました。全知全能とかそういうやつを。キリスト教のような神様じゃなくてね、僕と同じくらいにモノが考えられて、僕の言うことはなんでも理解できて、僕の感じることはすべて感じて、そこに少しでいいからプラスアルファがある人というのがいれば、僕はいらないなと思った。それが神をつくるということじゃないかなと。

田原　自分が神になるということですか。

養老　それに近い存在をつくるんです。

宗教を信じるとはどういうことだろう、という話です

田原　面白いのは、世界中で神を持たない人類はいないですね。

養老　いませんね。

田原　どの人種にも神がいる、つまり宗教が存在する。それぞれ神は違うけどね。面白いね。

養老　どうしても必要なものなんですよ、宗教って。

田原　養老さんから見ると、宗教ってどういうものですか。

養老　うーん、ポジティブに定義をしたことはないけど、どこにでもあるものじゃないですか。

田原　科学がこんなに発達しても、なんで宗教は滅びないんですか。

養老　たとえば、今の科学は欧米から来ていますよね。欧米の文化というのは、いわばキリスト教を糧に育ってきていますから、それと対になっているんですね。

田原　何が？

養老　科学と宗教。

田原　なるほど。

養老　この手の世界というのは、本当に説明するのが面倒くさいし、実際よくわからないいんですよ。それを頭の中で、これくらいでいいかな、という感じで世界が出来上がっていくんですね。そのときのつくり方が宗教と科学は非常によく似ている。今でも科学的なことをやっていて時々驚くのは、自然というか、物質の世界に一つのはっきりした法則があるということについて、キリスト教の人は非常に強い信念を持っていますね。

田原　信念？　どういう信念ですか。

養老　つまり物質の世界にある法則って、別に科学的に証明されているわけでもなんでもないんです。

田原　どういう法則があるんですか。

養老　いろいろあるじゃないですか。それこそニュートンの法則でもいいんですけど、アインシュタインのエネルギーというのは、アインシュタインの方程式というものがあって、「$E=mc^2$」と書いていますけど、質量mと光の速度cは、物質がエネルギーEに変わるときの変換の方程式ですね。そういうものは、おそらく人間の頭が勝手に考えているわけですけど、それが外の世界に通用しているということは神様が置いたからだという信念があるんじゃないですか。だから、ギリギリのところに来ると、宗教も科学も似たようなものだと思うんですよ。

僕のお爺さんの今世はビールに落ちたハエかもしれない

田原　僕は京都市芸術大学で名誉教授になった梅原猛《うめはらたけし》さんをとても尊敬していまして、彼が住んでいた京都に何度も行きました。梅原さんは、世界的にも有名な哲学者で、デカルト、カント、ニーチェを研究し、その後は釈迦に転じた。つまり仏教の研究を始めるんですよ。僕は梅原さんに、「世界的に有名な哲学者であるあなたが、なんで仏教を研究するんだ」と聞いた。そのときの梅原さんの答えに非常に納得して感動したんですよ。梅原さんは、「田原さん、西洋哲学は理性だ。人間は理性だけで生きるのは無理だから、どうしても宗教が必要なんだ」と。どうですか、これは。

養老　それは理性信仰みたいなものですね。人間に限らず、世界のすべてのものが理性的に解明できるのかという議論が長年続けられてきて、今は理性で解明できるに決まっているというところに落ち着いているらしいですが。

田原　理性で解明できるんだったら宗教が滅びそうなものだけど、今でもね、アメリカでもヨーロッパでも、ちゃんと宗教が存在しているじゃないですか。

養老　実は解明できないからでしょうね。それは科学もそうです。20世紀の終わりに、アメリカのジョン・ホーガンという科学ジャーナリストが世界中の有名な科学者に「科学は世界を解明するか」とインタビューし、それを本（『科学の終焉《おわり》』徳間書店）にまとめたんです。二十何人のノーベル賞クラスの科学者、一人一人に聞いていった。そしたら、ほとんどの人が「解明しない」と答えた。

田原　なんで解明できないと思うんですかね、科学者が。

養老　理屈を詰めていくと、怪しいなというふうになっていくんでしょうね。

田原　でも、養老さんは別に科学を信じていないでしょ。

養老　科学を信じるというのは、そもそもどういうことなんだろうというところから始まるんですよ、僕の場合は。

田原　何も信じない？

養老　それはちょっと違うかな。たとえば何も信じないと僕が言うと、何も信じないということを信じているということになって、論理がややこしくなるんですよね。

田原　でも、解剖学をやるということは、実際に解剖して見えた事実は信じるんじゃないですか。

養老　それはそうですよ。ただ、もっと考えると、見えたものというのはどこまで本当かという問題に突き当たる。その面白い例の一つが、ガリレオがピサの斜塔の上から重い球と軽い球を落としたら、どっちが先に落ちるかという実験をしましたね。当時の頭で考えた常識（古代ギリシャの大哲学者であるアリストテレスの説）だと、重いほうが先に落ちると思うじゃないですか。でも、ほとんど同時に落ちるんですよね。それから、イエズス会の本部があるローマに行くと聖イグナチオ・デ・ロヨラという教会があって、そこの天井画がだまし絵なんですよ。教会の中に入って天井を見上げると、その上にもう1階あるように見えるんだけど、実際はない。つまり絵で嘘をついているわけです。これって宗教画家からの反論じゃないかという気がするんです。目で見たことが真実とは限らないよという。そういう屁理屈のような理屈を言うのは、神学者は得意でしたから。

田原　もう一つ、宗教での一番の問題は、仏教もそうだけど、みんな前世があることになっていますね。具体的に言うと、僕が子どもの頃、母親が病気になって、どの病院に行っても治らなかったんですよ。そこで両親は天理教に救いを求め、信者になりました。そしたら、病気が治っちゃったんだね。天理教の教えでは、母親の病気が治らないのは、前世で悪いことをしたからだと。でも、天理教の信者になれば、今世もよくなるし、来世もよくなると。だから、病気が治ったというわけだね。それで僕も天理教に興味を持ってね、高校のときに天理教の本部で1カ月の合宿に参加しました。ところが、最終的に天理教の指導者と喧嘩になってしまった。なぜかと言うと、僕らが高校生のときは、日本の人口がどんどん増えていたんですね。人口が増えているということは、前世がない人間が大勢いるんじゃないか。前世がない人間がいるということは、来世なんて信用できないと言ったら天理教の指導者が怒ってね、追い出されました。その疑問は今でも残っています。

養老　科学もそうですけど、そういうことを突き詰めて考えると、必ずどこかで矛盾が生まれるんですよ。たとえばね、ブータンに行くと日常的に生まれ変わりの概念が生きていますよ。初めて行ったときに、地元の人が飲んでいるビールにハエが入ってね。僕が見ていたら、その人がハエをそっとつまみ上げてフッと飛ばして逃がしてあげたんですよ。そのあと、僕の顔を見てニヤッと笑って、「お前のお爺ちゃんかもしれないからな」って（笑）。彼らの中では輪廻転生《りんねてんしょう》が自然に息づいているんです。

できると思えば必ずやる。それが人間の悪いクセでもある

田原　突き詰め過ぎると破綻するというのは面白いですね。

養老　そうです。

田原　どっちかというとヨーロッパやアメリカは突き詰めようとするんだけど、日本人は突き詰めて考えない。さっきも（第2章）話しましたけど、だからうまくいくんだという考えもあるわけですね。

養老　そうだと思いますね。

田原　突き詰めようとすると矛盾が生まれる。日本人の突き詰めない生き方のほうがいいと。

養老　いいかどうかわかりませんけど、実際にそうやって生きてきていますからね。

田原　でも、解剖学をやるということは突き詰めるんじゃないですか。

養老　そうですね。ただ、宗教にしても科学にしても、みんな世界がわかっていると思い過ぎなんですよね。実は、外の世界って真っ暗闇なんです。それを目で見たり触ってみたり耳で聞いたりして、たぶんこうなっているんだろうなと想像して、頭の中に世界をつくり直すわけですね。

世界はこうなっているから、物質の世界もきっとこうだろうという仮説を立てて、いわゆる実験を繰り返して、いちいち確かめていくんです。それで、自然科学的な世界像、つまり地球は丸いみたいな世界像をつくっていきますが、まずその段階で普通の人は落伍しますよ。だって、地球が丸いという概念を日常の中では使いませんよね。そんなことを考えていたのはコロンブスくらいのもので、普通の人はそんなことを考えなくても暮らせるわけです。地面は平らで別に日常に何の支障もない。たとえば、宇宙はとてつもなく広くて、果てはないとか言っていますけど、それは本当かって普通の人に聞いたら、自分の日常から何の証拠も出てこないので「知らん」と言うでしょうね。

田原　そうだ、僕もわからない。

養老　だから、科学が進歩したというのは、一部の人がそういう世界像をつくって、その中でいろいろな実験を試して、うまくいけば科学者は正しいと言うんですね。本当に正しいのか、あるいは何か都合の悪いことがあるから、そうしているんじゃないのか、というのがわからないんですよ。それが今の環境問題につながっているんですよ。

田原　たとえばどういうことですか、環境問題につながるって。

養老　要するに、人間って非常に悪い癖を持っていて、できるとなると必ずやるんですよね。それで、やった結果どうなるかと聞いても、やってみないとわからないと答える。それは当たり前で、先がどうなるかなんて完全には読めてないんですから。そこのところが今、かなり危ないなと思っています。

田原　地球環境が悪くなる、つまりどんどん気温が上がる。で、気温が上がるのはCO_2のせいだと。CO_2を出さないために一番有効なエネルギーは原発だという声が非常に強い。東日本大震災以降の総理大臣は原発に慎重派だったけど、今では新しい原発をつくろうじゃないかという流れに変わってきているんですよ。これはどうですか。

養老　原発に関して言えば、まず思い浮かぶのがゴミ問題ですね。

田原　放射性廃棄物ね。使用済みの核燃料をどうするか、これが大問題だが、日本は真剣に考えてない。考えているのはフィンランド。フィンランドは「オンカロ」という最終処分場をつくって、核廃棄物処理の対策をしっかりとっている。日本は地震国なので、どこで何が起こるかわからない。だから、未だに最終処分場が決まらない。

オンカロ　フィンランド南西部のオルキルオト島に建設中の世界初の高レベル放射性廃棄物最終処分場。地下400～450メートルの安定的な地層の中に使用済み核燃料等6500トンを埋設し、約10万年閉じ込め可能とされている。

養老　日本にうっかり埋めると地震で出てきちゃいますから。

田原　元総理大臣の小泉純一郎さんは、現職のときは原発推進派だったんですよ。でも、2013年、フィンランドに視察に行って反対派に転じた。なんで反対派になったんだと聞いたら、フィンランドでオンカロを視察したとき、使用済み核燃料を無害化するのに10万年以上かかると聞いて、それで反対派になったんだと。何しろ、日本にはオンカロがないどころか、つくる計画すらない。これでは駄目だと思ったんでしょう。原発は今後、どうすればいいですか。ドイツは原発を止めることにしましたね。

養老 そうですね。

田原 日本に言わせると、ドイツが原発を止めるのはインチキだと。だって、エネルギーをフランスから買えばいいんだから。

養老 隣のフランスが原発大国ですからね。ＥＵの中で適当にまかなっていこうということでしょうね。日本の場合は、やっぱりエネルギー消費量を減らしていくしかないですね。

田原 減らすにはどうすればいいですか。

養老　それは皆さんがどこまで辛抱するかですね。エネルギー消費量が江戸時代の何倍といったかな、全体で40倍、個人あたり4倍だったかな。とにかく、ものすごくたくさんのエネルギーを使っているんですよ。それこそ僕、さっき話したＮｅｔｆｌｉｘでアメリカのいろいろなドラマを見ているんですが、まあ贅沢な生活をしているんですよ。もし本当に石油を使ったり、炭酸ガスを出したりするのが環境を破壊するというなら、まずはアメリカ人になんとかしてほしい。それは日本の問題じゃない。以前、本で書いたことがありますけど、日本人が全員いなくなっても炭酸ガスはほとんど減らないですよ。日本だけが出しているわけじゃないから。

田原　アメリカが悪い。

養老　全体量から言えばね、日本は屁みたいなものですよ。アメリカ人があの巨大な国土でね、ああいう贅沢な生活をしていることが環境破壊につながると、一部の人たちは当然、気がついているんですよね。でも、あそこまでいくと質素な生活には戻れないんでしょうね。しょうがないから日本やほかの国に「お前たちは節約しろ」みたいなことを言ってくる。そんなことに一生懸命気を遣っても、あまり意味はないんです。今ある原発は仕方ないから、本当に困ったときに使うということにして置いておくとして、危険なところは廃炉にしたほうがいい。活断層の近くとか、極端に言えば活断層の上に乗っかっているようなところは止めるべきです。専門家はみんなそれがわかっているはずなんですけどね。

日本の政策は前向きなのか後ろ向きなのか……

田原 日本のエネルギー自給率は11・8%、食料自給率は40%前後、これでいいんですか。

養老 よくないですね。

田原 どうすればいいの。

養老 食料の自給というのは、やればできるはずですよ。

田原　どうすればできる。

養老　できるはずですよ。だって、以前、田んぼを潰すという農地政策があったじゃないですか。

田原　減反政策。

養老　そう、減反をやっているんですもん、減反と食糧自給はまったく方向が逆でしょ。理屈は簡単で、減反しないと米がとれ過ぎて値段が下がるということです。カネを基準にして考えるから、そういうことになるんですよ。それが心配なら、減反しないで政府が買い上げればいいし、余っているというのなら、それをなんとか上手に加工して売ることを考えればいいのになあ、と思うわけですよ。なのに、減反という後ろ向きの政策をとったんですね。

田原 後ろ向きというのは、どういうことですか。

養老 だって、減反は「やらない方向」に進むことでしょう。今まで経済でもなんでも規模を拡大し、つまりGDPを大きくするという方向でやってきたのに、減反政策はまったく逆を向いているわけですよね。あれ、本気でやったのかなと思う。だって、農家の人だっていやですよね、そんな政策。それに田んぼって、そんなに簡単につくれるものじゃないし。

田原 なんで、日本の政府は減反政策をしたんですか。

養老　やっぱり米の値段が下がるということを警戒したんだと思いますね。

田原　でも減反政策が裏目に出て、今年（2024年）の春ごろから深刻な米不足が起きてるじゃない。

養老　そうなんですよ。

田原　前年の猛暑で不作が続いたことも影響しているけど、そもそも減反なんかしないで、輸出すればよかったんだよ。なんで輸出しなかったんだろう。

養老　やる気がないんでしょう。

田原　政府にやる気がないのか、それとも農家にやる気がないのか。

養老　農家は商売が得意じゃないので、極端なことを言えば、自分の懐が痛まなければいいと思ったのかもしれませんね。石原慎太郎さんが東京都知事だったときに、バブルの影響でゴルフ場が増え過ぎてね、うっかりすると国土の20％がゴルフ場になっちゃうということが危惧されたんですね。そのとき石原さんが言ったのは、「いざとなったら畑にすればいい」。そんなに簡単に畑はできないということを知らないいんだなと思いました。もう一度畑に戻すには、大変な時間と労力がかかるのにね。

虫の減少と少子化の問題は似ている。どっちも原因がわからない

田原　虫の世界はどうですか？

養老　これはかなり深刻ですよ。だって、1990年から2020年までの間に、全世界で虫の数が7割から9割も減っちゃったんですよ。産業革命以来、経済発展を第一に進めてきたことの結果が、たぶん今出ているんだと思います。小さいネジを1本ずつ抜いても別にどうということはないけど、ずっと続けていたら、ついに機械にガタが来たという感じでしょうか。どうして減ったんですかと、必ず聞かれるんだけど、理由がわからないんですよ。

田原　気候変動とか？

養老　いや、そんなにちょろい問題じゃないと思っています。僕は虫が7割から9割減ったことと、いわゆる人間社会の少子化は同じ原因だろうと思うんです。要するに、生き物が生きづらい世界をつくっちゃったんですよ。

田原　減ってしまったものはもう戻らない？

養老　虫は戻りますよ。

田原　でも人口は戻らないですね、なかなか少子化の問題は解決しない。

養老　だって、誰も原因がわかってないんだもん。なのに、ああしろ、こうしろっていろいろな政策を考えだしても、効果はないですよ。だから僕は地震待ちだって言いたくなる。大地震が起きて、今、自分が当たり前だと思っている日常が壊れたら、改めて生きるとは何か、社会の中でみんなと協力し合うってどういうことかとか、一番基本的なことから見直すわけですよ。食糧不足にしてもエネルギー不足にしてもね、どこかから持ってくればなんとかなるという状況では何も変わりませんからね。世界中どこを探しても水も食料もないよという状況になれば、自分でなんとかするしかない。世界中を漁《あさ》って安いところからモノを仕入れて、高い値段をつけて売るなんていう流通システムはもう成立しなくなりますよ。

田原　そうかそうか。

養老　食べ物なんかも運んでくるのは容易じゃないので。近くでなんとか間に合わせないといけない。必ず原点に戻るはずですよ。

田原　しかし、虫がそんなに減っているとは驚いたね。減り具合が尋常じゃない。

養老　一番はっきりした統計があるのは、ドイツの自然保護区なんですよ。だいたい「自然保護」なんていうのは傲慢な言い方でね、人間は自分のほうが自然より偉いと思っているわけですから。そうはいきませんよって、足下をご覧なさい、お前さん方だって減っているでしょう、という話です。どこも少子化ですから。ところが、みんなどこかで増えていると思っているんですよ。今増えているところも、全体の人口統計の移り変わりを見ていくと、先進国と同じようにやがて減っていくような気がします。

田原　虫がそんなに減っているとは気づかなかったな。

養老　だいたい普通に暮らしていて、もうハエなんか1匹も見ないでしょ。だから僕、寒いときに日だまりに出てね、ハエが飛んでいると嬉しくなります。きょうも天気がよかったから午前中に庭に出てみたら、すごく立派な花が咲いててね。でも、笑っちゃうぐらい虫がまったくいない。僕が大学生の頃、たとえば、春先なら梅が咲くでしょ。そしたら、ほんとに数え切れないくらいたくさんの虫が飛んできていたんだけど、今は全然いませんね。どこに行っちゃったんだろうなあ。

第4章

現代社会に漂う息苦しさのわけを探る

なぜ子どもたちは大声を出せなくなってしまったのか

若者の自殺について、ここでもう一度考えてみましょう

田原 僕が今心配していることの一つに、若者の自殺があります。2023年中の日本の自殺者総数は2万1837人。そのうち19歳以下は810人です。小中高生は513人で、これは過去最多だった2022年の514人に次ぐ第2位ですよ。これはどう思いますか。

養老 原因の一つは心の病気ですね。多いのはうつで、それには投薬をはじめとしていくつかの対処方法がありますが、心の病気以外の原因となると、うーん、難しいですね。ただ、自殺に対する世間の反応がすごく変だな、と僕は思っているんですけどね。

田原　どういうことですか。

養老　子どもが自殺をすると、必ず周囲で何があったんだ、いじめがあったんじゃないかとか、騒ぎ出しますよね。でも、本人はどうだったのか、それを考えないといけないんじゃないかと思うんですよ。実は自殺の一番の原因は本人なんですよ。

田原　本人が原因？　それは本人が悪いってこと？

養老　いやいや、悪いということではありません。ただ、一つの原因として、楽しいことがないんだろうなと思います。楽しい思いをしたことがない。楽しい記憶が少ないから、簡単に自殺を選んでしまう子どもがいるんじゃないでしょうか。

田原　それは親の責任でもある。

養老　その通りです。統計を見るとね、個人あたりのＧＤＰが上がるほど自殺が多くなるんです。要するに、人間ってあまり豊かな社会には耐えられないようになっているらしいです。非常に低いのは、たとえばエジプトみたいな経済不振の続く国ですね。10万人あたりの自殺率というのを見ていると、ほとんどゼロに近い。極端に高いのは、社会的な価値が変動しているところですね。ここ数年で多かったのは、旧ソ連から独立したリトアニアとかベラルーシとか、今の東欧諸国ですね。自殺率が高い。それから、最近気になるのが中国ですね。２０００年代初めのデータですが、死因の第5位が自殺だというんです。しかも、

15～34歳の若者の死因のトップが自殺で、農村の若い女性の自殺率が特に高い。人口10万人あたり37・8人というから、深刻ですよね。そういう点で中国の社会というのは、どこかバランスを欠いているのかもしれませんね。一人っ子政策のときに子どもが男の子ばかりになったでしょ。女の子を大事にしないというか、いろんな理由があるでしょうから、原因は一つではありませんけどね。

子どもはもっと大声を出して、自由に遊んだらいいんですよ

田原 日本は生活が豊かになったことで、若者の自殺が増えたともいえるんだ。

養老 そうですね。

田原 なんで豊かになると自殺が増えるんだろう。

養老 その分、生活が縛られてくるからじゃないでしょうか。

田原 僕はね、やっぱり教育が悪いんだと思う。教育の基本はね、学校に縛りつけることじゃない。一度しかない人生の中で、楽しいことを見つけられるようにすることだと思うんですよ。

養老 それはそうですね。

田原　そうなってないですね、今。

養老　僕らの頃は、それほど学校に縛られていなかったから、子どもたちはみんな野山で好き勝手に遊んでいましたよ。そいつらをかき集めて、きちんと席に座らせて勉強させる、学校にはそういう役割があったんだけど、今は逆でね。学校に縛られているわけですよ。ガチガチに縛って、外に行かせない。だから僕は、学校に集めて遊ばせればいいと思っています。

田原　なんでこんなに縛られているんですか。

養老　明治時代に義務教育のシステムをつくって、それを延々と続けているから、今ではシステムが微に入り細に入り、どんどんやかましくなっているんじゃないですか。いっぺんご破算にしちゃったほうがいいと思うね。

義務教育の始まり　1886（明治19）年、小学校を尋常小学校、高等小学校の2段階に分けて各4年制とする「小学校令」が発令。このうち、尋常小学校の4年間は「保護者に子どもを就学させる義務がある」と規定され、義務教育の基礎となった。

田原　とにかく若者の生きにくさをなんとかしてあげたいね。どうすればいいんだろう。

養老　生きにくさの原因の一つは、環境が単調になり過ぎていることじゃないでしょうか。学校と塾という決まりきった環境しかない。僕らの時代、子どもはいつも川に入って遊んでいて、そこではいろんなことが起こりましたよ。川にはまってケガする奴がいたりね。今はできませんよね、一日中近くの川で遊ぶなんてこと。ザルを持ってみんなで一緒に魚を捕る、そういう自由がないんじゃないですかね。

田原さんは今の若者から何を感じますか？

田原 僕は今、月に1回、東京・早稲田にある喫茶店で「田原カフェ」という対話会を行なっています。ゲストを招いて、20代を中心にした若者と対話するというイベントです。ここで、いろいろな若者と話をすることが、僕にとってとても刺激になっている。

養老　どんな人が来るんですか？

田原　不登校とか引きこもりとか、何かと問題を抱えている若者も多いですよ。この間なんか、不登校の男子高校生が京都から深夜バスに乗って、わざわざ来てくれたんですよ。不登校になっているということは、外に出るのだって怖いはずなのに、一人で深夜バスに乗ってやってきた。たぶんＳＮＳとかで見つけたんだろうね。

養老　なんで、その子は家から出る気になったんだろう。

田原　話し相手を求めているんじゃないですかね。別の男子高校生ですが、田原カフェの参加者と意気投合して、すごく楽しかったと言って興奮して帰っていきました。彼も小学校のとき不登校になりかけて、今も学校に行けたり行けなかったりを繰り返しているらしい。話を聞いてくれる同年代の若者に出会えたことで、少し前向きになってくれたのならいいんだけどね。でも、なんで今、不登校とか引きこもりが増えているんでしょうね。

養老 どうしてでしょうね。学校に居場所がないのかなあ。

田原 僕はね、さっきも言ったように、そもそも教育が悪いと思う。少し前にNPO法人「あなたのいばしょ」で理事長を務めている大空幸星《こうき》さんと対談したんだけど、そのときも今の教育に関する話になってね。僕は好きなこと、やりたいことを見つけるようにするのが教育だと思うと言ったら、大空さんは、今の子どもは「好きなことを見つけなさい」「やりたいことを探しなさい」と言われて悩んでいると話していました。養老さん、どう思う？

養老 その話と少し関連するかもしれないけど、あるドイツ人が「日本人は生きていませんね」と言っていたという話を聞いたことがあります。

田原 何？　生きていない？

養老 詳しく言うとね、中国人留学生が留学生向けの新聞みたいなのをつくっていて、そこの記事にあったんです。記事を書いた学生が東京から京都までドライブする途中でドイツ人の学生を拾っちゃって、それで二人で一緒に京都まで行くんだけど、そのドイツ人の学生が車を降りるときにね、「日本人は生きていませんからね」という捨てゼリフを残していなくなるんですよ。その話が印象に残っていてね。僕もその頃、本当に日本人は生きてないんだよなという気がしていたので。1980年代くらいまでは、みんなもう少し元気だったような気がするんです。いわゆる生きがいというやつを持っていた。でも、今の学生はなんか元気がない。それがどんどん低年齢化していき、子どもがおとなしくなってしまった。本来、子どもって元気なはずじゃないですか。

田原　なんで元気がなくなっちゃったんだろう。

養老　どうしてかなあ。本当のところは、子どもにならないとわからないけど。この間、こんなことがあったんです。夜9時頃、僕が地下鉄に乗っていたら、子どもが電車内を走りまわっているんですよ。なんだあいつらは、と思って注意しようかと思ったんだけど、ちょっと考えて気がついたの。あいつらは走りまわるということを、この時間にしかできないんだなと。学校では駄目だし、夕方は塾に行っているでしょ。

田原 夜になってようやく解放されたわけだ。

養老 そう。子どもが走りまわって大声出すなんて当たり前なのに、それをやらせてもらえてないんですね。もう一つ強く印象に残っていることがあって、以前、福井県の武生市《たけふ》（現・越前市）というところで、学校の先生にお願いして午前中の授業だけ虫捕りをやらせてもらったんですよ。この交渉が大変で、教育委員長までやったOBの先生が一生懸命、学校側を説得してね。それでどうにか、正規の授業に入れてもらったんです。「虫捕りをやろう！」と言って、午前中だけ小学4年生の子どもたちを市内の山に連れていきました。もちろん、僕もそれに参加しましたよ。ついでに、僕の知り合いの虫好きや専門家も手伝いに呼んで、子どもたちと一緒に虫捕りをしました。終わった後、山の中で全員を集めてね、担任の女性の先生が話をしたんだけど、「子どもたちがこんなに大きな声を出すのは初めてです」って言ったの。これにはびっくりしましたね。子どもたちのこんな大きな声、初めて聞きましたって言うんだよ。つまり、子どもたちは学校で大きな声も出せないでいるわけですよ。これ、虐待でしょ。

田原 大声も出せないくらい押さえつけられているんだ。

養老 そう。でも、子どもにとって大声を出すなんてことは、当たり前なことでしょう。

田原　そうして押さえつけられたエネルギーが、いじめとかおかしな方向にいっちゃうわけだね。

人間関係だけで世界が完結したら、たまったもんじゃない

養老　ちょっと前に『14歳の私が書いた遺書　いじめ被害少女の手記』（河出書房新社）という本を読みました。若い女性の作家でね、中学生のときに受けていたいじめのことを書いたんですよ。僕もちょっと関心があったから読みましたが、特徴的だなと思ったのは、本の中に一言も花鳥風月がないの。たとえば、きょうは天気がよかったとか、雨が降っていたとか、そういう描写がいっさいなくて、家族や友達との会話と

か、誰々に何と言われたとか、相手との対話だけが延々と続いていくんですよ。

田原　まわりが見えてないんだね。

養老　そう、周囲の描写がゼロ、鳥は鳴いてないし、花も咲いていない。対人関係の中だけで世界が完結している。

田原　なるほどね。

養老　子どものうちから人の相手をさせられるだけで世界が完結していたら、それはたまったものじゃないというのは、誰だってわかりますよね。

田原 でも、今の話で言うとね、僕も花鳥風月がないですよ。対人関係だけで世界が出来上がっていますから。

養老 田原さんの場合は、仕事が仕事だから。大人になってからはいいんですよ。子どもにはやっぱり花鳥風月を持ってほしいと思う。

田原 そうか、大人はいいけど、子どもは駄目だ。

養老 そう。花鳥風月が半分くらいは必要なはずで、それが抜け落ちてしまっているんです。なのに、人間関係だけがどんどん膨らんでいって世界のすべてになっちゃったと。

田原 なるほどね。

養老　だって、子どもの存在そのものが自然ですからね。だから、今の子どもと話をしていてびっくりするのが、とにかく口が達者で、こっちが敵わないんですよ。口先だけは優れているんですね。

田原　やっぱり僕は教育の問題が大きいと思う。僕、高校に入ったとき、勉強が難し過ぎて、不登校になりかけたことがあるの。それで何人かの先生に、なんのためにこんなに難しい勉強をしなきゃいけないんだと聞いたら、大学に入るためとか、いい会社に就職するためという答えしか返ってこなかった。それになんの意味があるんだと思って反発していたんだけど、一人の先生が、1回しかない人生で、やりたいことを見つけるために勉強するんだと答えてくれた。それで、自分の好きなことや面白いと思えることを探そうと決めたんです。その先生は国語の先生でね、その影響もあって、僕は小説家を目指そうと思ったわけです。まあ、挫折してしまいましたけどね。

養老 でも、田原さんは今の仕事を楽しんでいるでしょう。

田原 そうです。好きなことを見つけられたから、90歳になった今もこうして仕事を続けていられます。だから、さっき話した大空幸星さんに「今の子どもは『好きなことを見つけなさい』と言われて悩んでいる」と言われても、やっぱり、やりたいことを見つけてほしいと言いたい。そういえば、少し前に5月で辞めちゃう新入社員が増えているということが話題になりましたよね。

養老 五月病とかいうやつですね。

田原　実は僕、それはとてもいいことだと思っているの。

養老　昔は少なくとも3年は勤めるべきだ、とか言われていましたけどね。

田原　そう、昔はね、会社を辞めるというのは、生きるうえで損だと考える人が多かったね。でも今は、ここは違うと思ったら、すぐに辞めていいと思う。そうするうちにやりたいことが見つかるかもしれないじゃない。失敗するかもしれないけど、それでも発見できることもあるから。僕ね、本を読んで覚えたのは知識で、失敗から得たものは知恵になると思っているんですよ。だから、若いうちはいろいろな体験をして失敗もして、どんどん知恵を身につけていってほしいね。そのためにも、すぐに辞めることは悪いことだとは思わない。

論破することにどんな意味があるのかなぁ

田原 今の子どもは口が達者という話と関連するかもしれないけど、「論破ブーム」っていうんですか、言い負かして相手を黙らせるのが勝ちみたいな風潮が一部であるような気がしているんですが。

養老 さっき（第3章）、日本の社会は言葉で縛られないという話をしましたが、実は僕、そこまで言葉の世界を信用していないんです。それから、勝ち負けは昔から大嫌いで、だから勝負事というか、スポーツなんかはあまり好きじゃないんですよ。囲碁や将棋もそうだな、勝ち負けが中心だから。かっこよく言えば、自分との闘いばかりしてきたから、他人と闘っている余裕はないというところでしょうか。

田原 でも、養老さんはいろいろなところにゲストで呼ばれて、対談したりしているから、場合によっては言葉で闘うこともあるんじゃない。

養老 ありません。全部負けることにしている。

田原 対話から何かを生み出すとか、そういう方向にはならない?

養老 なりにくいですね。たぶん、日本の文化の特徴かもしれないですね。生産的な対話をするというのが、なかなか難しい。

田原 日本では対話文化が蓄積されていないんでしょうか。

養老　『方丈記』も独白でしょ。でも世界は少し違っていて、『方丈記』よりもっと古い、たとえば釈迦の時代は対話文化でしたよね。聖書も基本的にはお弟子さんたちが師の話を聞いて書き記したものだし、ソクラテスも対話好きだった。だから、言ってみれば世界の歴史は対話からできている。『論語』が典型ですよ。

田原　「師曰《いわ》く」という。

養老　そう。仏教では、私は何々について、これこれこういうふうに聞いたと周囲に伝えても、それについてあれこれ議論したという記録が、あまりないですね。そういうテキストがない。

田原 歴史を見ても、師と弟子の対話の書というのは存在しない。

養老 だから、言葉をきちんと立てようとしないというか、あまり大事にしない国なんですよ、日本って。僕がオーストラリアに留学していたときのことですが、当然、英語で論文を書かなければいけないわけですよ。どうしても内容をうまく説明できないところがあって、現地の学生に「うまく英語にならないんだけどさ」と聞いてみたんです。そしたらなんて言われたかというと、「英語で言えないことはない」と。そうか、何を考えても、英語、つまり言葉にできないなら存在しないことと同じなのか、そんなのは議論の対象にも論文にもならないんだと気づいたわけです。

田原 せっかく考えても、言葉にできなければ意味がない。

養老　そう。日本人はそこまで言葉に対して厳しくないでしょ。でも、向こうでは言葉にならなきゃ存在しないことになる。

田原　「曰く言い難し」なんていうことは。

養老　それは、ごまかしていますね。

日本人はいつから
ものづくりの精神を忘れたんだろう

養老　少し前の話ですが、僕、すごくびっくりしたニュースがありました。

横浜のマンションが傾いた問題です。

マンション傾斜問題　2014年11月、神奈川県横浜市の大型マンションの一部の棟で傾きが発生。地盤調査した結果、計52本の杭のうち、6本の杭が地盤の強固な「支持層」に到達しておらず、打ち込まれた長さが不十分な杭が2本あることが判明。2021年に全棟の建て替えが終了した。

養老　横浜市の大型マンションの壁にヒビが入って傾いたらしいです。それで調べてみたら、マンションの杭の一部が地中の固い地盤に届いてないということがわかった。たとえば壁に釘を打って、最後まで打ち込めなかったら気になりますよね。素人だって、そんなこと絶対にしない。嫌な時代になったなと思っています。

田原　企業の不正といえば、自動車会社の認証をめぐる不正も大問題だ。

養老　それは？

田原　まずは2023年に、ダイハツ工業が日本と海外向けの車両で、衝突試験や排出ガスの燃費に関するデータを改ざんしていたという問題が起きた。

自動車会社の認証不正問題　ダイハツ工業などによる不正行為が相次いだことを受け、国土交通省が型式指定を取得している自動車メーカーら85社に対し同様のケースがないか調査を指示したのに対し、数社が車の性能試験で不正申請があったと報告した。不正申請が確認されたのは、トヨタ自動車、マツダ、ヤマハ発動機、ホンダ、スズキの自動車・二輪車メーカー5社で、合計38車種にのぼった。

田原　車を流通させる前に認証を受けないといけないわけですが、その認証を取るためにいろいろな数値を改ざんしたりして、それが流通していたことが明るみに出たということです。

養老　つまり杭打ちみたいなものですね。やってもいないことをやったと偽証した。

田原　日本のものづくりは世界一だといわれていたのに、こういうことが起こってしまったのは許し難い。

養老　日本はわりあいそこを律儀にやっていたはずなのに。

田原　でも、こんな不正行為をしてしまった。

養老　真面目にやるというよりも、やらないと気がすまない質《たち》だったはずだけどね、日本人は。まじめにやっている人からしたら、「よくお前、それで通しているな」と言いたくなるでしょうね。

田原 一部の自動車会社の言い分としては、国の基準より厳しくやっているのだと。だからといって「問題ない」とするのは間違いだ。確かに、求められた以上の物をつくるという気概が昔の職人にはあったと思う。それが今はなくなっているんだね。

養老 それ、一つは経済の問題ですよ。納期とかいろいろなことでプレッシャーをかけるでしょ。そうすると、どうしても手抜きをせざるを得ない。手抜きしないで時間をかけて頑張ったら評価されないわけですよね。

田原 そう。ダイハツの奥平総一郎社長が会見でお詫びしていたよ。「納期とか生産台数のほうにばかり目がいってしまって、認証の現場の負担に目が届かなかったと猛省している」と言っていました。本来はもっと技術に向けるべき目を、上司に言われたことのほうに向けてしまった。日本人の生真面目さが悪いほうに出てしまったね。

AIに仕事取られるって、考え過ぎじゃないですか

田原 少し前に、僕、面白い体験をしたの。AIで本人と同じ声をつくり出すという研究をしている東京工業大学の学生の早川尚吾さん（現在はCoeFont代表取締役）と会って、話を聞いたんですよ。彼は

「ＣｏｅＦｏｎｔ（コエフォント）」というアプリをつくっているんだって。で、何のためにそのアプリをつくっているかというと、たとえば、喉頭がんなど喉の病気で手術を受けて、声を失った人がいるとしますよね。手術前に自分の声を録音してＡＩに同じ声をつくらせるんです。そのアプリを使って言いたいことをスマホやパソコンに文字で打ち込めば、本人の声でアウトプットされるから、たとえ声を失っても、自分の声で相手と会話することができるんですよ。

養老　ほお。

田原　ただね、そうやってＡＩがどんどん進化すると、なんでもＡＩでできちゃうから、人間のやるべきことがなくなっちゃうんじゃないかという懸念もありますね。これはどうですか。

養老　ＡＩにやらせればいいことを人間がやっているのがいけないんですよ。

田原　じゃあ、ＡＩにできないことってなんですか。

養老　個人の意識や意図に関する領域です。ＡＩは理屈や言葉を並べるのは得意なんですよ。誰にでも通用するものですから。でも、それはあくまでも言葉を並べているだけで、心はありません。

田原　人間で言えば、心の領域まではＡＩが理解することはできないと。じゃあ、体はどうですか。体とＡＩの関係ってどうなっているんですか。

養老　気の利いた人はＡＩにセンサーをつけることを考えていますね。目をつけたり鼻をつけたりね。でも、僕はそういう仕事をする人を見ていると、何をやっているんだろうと思うね。手間暇かけて人工知能をつくろうとしているけど、世界に80億以上も天然知能があるだろう。今あるものをもっと上手に使えばいいのに、なんでわざわざ人工知能をつくる必要があるんだと。

田原　生身の人間を。

養老　さっきも（第3章）話しましたけど、人間って悪い癖があって、できると思うと徹底的にやるんですよ。だからＡＩにできるかもしれないと思えば、それを必ず実現しようとする。それでまわりは、今までなかったものが完成したとか言って拍手するわけね。でも、別にＡＩに頼らなくても、天然の人間の脳みそがいくらでもあるじゃん。それを使ってないだけだろう、無駄にしているだけだろうって、僕は思うんですけどね。

田原　あるものを十分いかせてないのに、別の何かを頼るというか。

養老　そうそう。それで社会がＡＩに依存するようになってしまった。ＡＩはシミュレーションが得意なんです。社会の中でシミュレーションしやすいのは軍事と経済です。これは計算すればある程度結果が見えることなので、さっき（第2章）話した日本の敗戦についてもそう。戦争の勝敗というのは、シミュレーションすればわかるんですね。武器の生産量や兵士の数などを比較していけばいいわけだから。経済も同じでしょ。だから、日本は近代化して、経済が発展してきたなんて威張るのは無意味なんですよ、単にＡＩがシミュレーションしてきただけなんだから。でも、ＡＩに頼り過ぎて、結局、それ以外の部分が本当に駄目になっちゃいましたね。

田原　それ以外って？

養老　たとえば対物、つまり、モノを扱う第一次産業ですね。日本人はモノに向き合って作業するということが本当に得意な分野だったはずなのに、データばかり見て、ものづくりを疎かにしているような気がするんですよ。

ポパーの論理を応用すると自分と世界がよく見えてきます

養老　AIに関連した話で思い出しましたが、カール・ポパーというオーストリア出身の哲学者が唱えた「三世界論」というものがあります。

田原　初めて聞くね。それはどういうものですか?

養老　我々をとりまく世界は三つに分けられるという考え方です。まず、「世界1」。これは物質とエネルギーからなる物理的な存在を示します。「世界2」は意識や心的状態を表し、「世界3」が人間の精神的活動によって生み出された知的・文化的産物の客観的内容からなるとされています。

田原　ん？　どういうこと？

養老　ちょっとわかりにくいですよね。もう少し具体的に言うと、世界1に存在しているのは、人間の脳を含むあらゆる生物体の構造と働き、それから、道具、機械、建造物などの人工物があります。思想や文学、芸術などが表現されている物体、いわゆるアートと呼ばれるものも世界1です。次に世界2ですが、これは主観的な知識や知覚、思考、感情、記憶、夢など、個々人の心をなす意識のことです。そして世界3は科学理論、哲学、物語、神話、芸術などが含まれます。ＡＩが得意とするのが、この世界3です。

田原　つまり、世界1は物、世界2は心、世界3は学問や芸術、というわけだ。

養老　ざっくり言えばそういうことになりますね。世界1と世界3は、世界2という意識の領域を媒介として間接的につながっています。たとえば、自分という意識を持った存在、つまり世界2を丸い円で表すとします。円の外側には世界1と世界3があって、円を押しつぶすようにその二つの世界を両端からペシャッとくっつける。すると自分という世界2は、世界1と世界3という二つの領域を行き来することができるようになるんです。

田原　具体的にはどういうことが起こるんですか。

養老　たとえば僕がやっている解剖だったら、自分が発見した臓器に名前をつけて言語化すると、それが世界1から世界3に入り、解剖学という学問に貢献することができるわけです。でも、誰にも知らせなければ、それは世界1にあるままです。考えてみたら、僕の人生は世界1と世界3をずっと行き来していたなと思うんですよ。解剖もそうだし、昆虫の分類なんか、その典型ですよ。虫の新種を発見しても、発表しなければ誰も知らないままですよね。でも、僕がその虫に名前をつけて論文にすれば、世界3に入ります。生物学の情報として広く知られるようになる。それを繰り返していると、言葉とか情報の世界がひたすら膨張していくのがわかりますね。その分、世界1、つまり物質の世界が小さくなっていって、バランスが悪くなる。

田原　どんどん情報があふれていくわけだ。

養老　それから、本当はわかってないのに、わかったことにして物事をどんどん進めてしまうのも問題がある。世界3に一つのモデルが出来上がって、そのモデルに従って物質の世界である世界1をアレンジしていくというのが技術ですね。最初は、物質の世界1に出来上がったモデルを世界3のほうに取り込んでいたんだけど、世界3の中に先にモデルが出来上がると、それに従って世界1、つまり物質の世界を変えてしまうんですよ。

田原　つまり、データが一人歩きしてしまうということだ。

養老　情報に物質の世界が押しつぶされてしまう。だから、さっき話したマンションの杭打ち問題や、自動車会社の認証不正が起きるんですね。

第5章
90歳の壁を越える

生きることも死ぬことも考え過ぎない

高齢者もコミュニケーションを避けたがっている!?

養老 僕、きょう（自宅のある）鎌倉からここ（対談場所）までJR東海道線のグリーン車で来たんですけど、ちょっと驚いたことがありました。

田原 なんですか？

養老 普通列車のグリーン車両の座席って、新幹線やほかの特急列車と同じで後ろに倒せるようになっているんですよ。前の座席に白髪のご夫婦が座っていたんですが、旦那のほうがね、比較的大きな声で「倒します」と言って、座席を倒したんです。いや、倒すことは別にいいんですよ。ただ、なんで俺の顔を見ないで倒すんだよって文句を言おうかと思いましたよ。あれはなんですかね、こっちを見ないで宣言するって。

田原　相手に面と向かって「嫌です」と言われたくないんじゃないですか。「いや、困ります」と言われたら倒せなくなるなとか。

養老　そこまで想像してないんでしょ。単にこっちを見たくないんでしょ。

田原　でも、一応言うわけだね。

養老　そうそう、「倒します」って宣言するみたいね。不思議ですね、あれ。

田原　顔を見ると、ほかにも何か言わなきゃいけなくなるとか、あれこれ考えるのが嫌なんだね。

養老　そういうややこしいことは避けたいんでしょう。顔を見ちゃうと、相手がどういう人か詮索したくなるかもしれないし、言い方も考えなければいけない。これ、日本人特有の感覚ですね。相手の社会的地位がわからないと、口のききかたも決まらないという。

田原　そうですね。

養老　対応の仕方も自分との比較の上で決まるんですよ。

田原　最近よく聞く、「マウントの取り合い」ってやつだ。

養老　だから、こっちを見もしないで「倒します」って宣言するんですよね。ある意味、傍若無人に近い。そもそも「倒します」って、伝えるべきなのは言葉じゃなくて態度でしょ。「すみません」という気持ちを示すものだから、こっちを見て言わなきゃダメだと思うんだけどなあ。

田原　やっぱり関わりたくないんだね。

養老　たまたま乗り合わせただけで、お前とは何の関係も持ちたくないよと。まあ、そういう意味では、わりあいに理屈が通っているというか、態度が一貫しているともいえますね。

田原　悪い意味でね。

養老　日本人って案外不親切だっていうでしょ。困っている人を見ても助けようとしないとか。そういうところと似ていますね。うっかり倒れた人に「どうしたんですか」と声をかけたりしたら、下手すると噛みつかれると思っているんじゃないですか。ホラー映画の見過ぎだよって。

定年前に辞めたから今の自分があると思います

田原　養老さんは57歳で東京大学を早期退官されていますね。定年前に辞めてよかったということを著書に書いていますが、そのおかげで今も好きなように仕事を続けられていると思ってる？

養老　それはそうですよ。勤めたらわかりますが、東大はきついところですからね。

田原　だって東大なら、そうならざるを得ないでしょう。

養老　僕らのとき、東大の職員は国家公務員ですからね、ものすごく縛りがきつかった。テレビに出るのもいちいち大学に届けを出さないといけなかったんですよ。田原さんも定年前に退職されましたよね。

田原　僕は42歳で、それまで勤めていたテレビ東京をクビになりました。でも、今はクビになって本当によかったと思う。そうじゃなかったら定年の60歳で僕の仕事人生は終わっていた。クビにしてくれてありがとうだね。

養老　クビになった？

田原　実はね、僕はテレビ東京に勤めながら、雑誌の連載を持っていて、その中で広告会社の電通を批判したの。そしたら電通が怒って、こんな奴の勤めている会社には、スポンサーをいっさい紹介しないと言ってきた。テレビ東京は電通にそっぽを向かれたら倒産ですよ。「連載をやめるか会社を辞めるか、どっちか選択しろ」と迫られ、会社を辞めました。テレビ東京に対してはまったく恨みはないです。好きなように番組をつくらせてもらいましたし。ただ、電通についてはいつかちゃんと書かないといけないと思っていくつかの出版社に相談に行ったら、全部アウトだった。タブーなの、電通に触れることは。そしたら朝日新聞が書いてほしいと言ってくれて、「週刊朝日」で電通について連載することになったんですよ。ところが、最初の原稿を書いた3日後、週刊朝日の編集長から連絡があって、電通が載せるなと言ってきたと。そこで、当時、僕が親しくしていた電通の広報担当の専務だった木暮剛平さん（後に電通の社長、会長、相談役を歴任）に直に会っていろいろ話をしたら、よくわかったと。今、電通は試行錯誤をしている最中だから、どうぞ自由に書いてくれということになって、連載が続いて、本（『電通』朝日新聞出版）にもなりましたよ。

養老　正面突破ですね。僕はあまりそういう人の利害に絡むようなことには関わりたくないから、田原さんのようなやり方はできないですね。ただ、たとえどんな方向であろうと、田原さんのように本人が一生懸命やっていることは間違いないので、あまり議論に水をかけたくない。

水をかけると全体を駄目にすることになるからね。

田原　養老さんは今、どこかに所属されているんですか。

養老　いや、特にないです。

田原　別に所属する必要ないんじゃないですかね。

養老　そうですね。虫の仲間たちからはもう仕事も辞めて、虫だけ捕っていればいいって言われますよ。

田原　そういう暮らしを望んでいるの？

養老　いや、そういうのってよくないじゃないですか。極端な話、いちおう世間に入れてもらってないと。出家したならともかくね。それに仕事をしてお金を稼がないと虫のことができなくなる。

田原　つまり、金儲けのためにやっているんじゃない、虫のことをやるために仕事をしているというわけだ。

養老　それはそうですよ。田原さんも同じでしょ。

田原　好きだから仕事をしていて、たまたまそれがお金になっているだけ。僕は、テレビ番組に出るときも講演を受けるときも、いっさいギャラのことは聞きません。もちろん交渉もしない。全部マネジャーを務めている娘がやってくれていて、僕自身は、仕事をしていること自体が楽しいから、無料でもいいと思っているぐらいです。

スマホもパソコンも社会とのお付き合いのためです

田原 仕事をしていると余計に感じますが、今どんどんデジタル社会というか、世界中がシステム化されていきますね。

養老 マイナンバーカードを必ず持たなきゃいけないとか、健康保険証もマイナンバーカードに紐づけするとか。新型コロナウイルス感染症の流行などを契機に、もうスマホがないと生活が成り立たないみたいなことになっていますね。

田原　養老さんは、スマホ使っていますか？

養老　使っていますよ。

田原　必要に迫られて、という感じで。

養老　そうですね。

田原　じゃあＬＩＮＥもやる？

養老　やります。

田原　すごいな。

養老　世間とのお付き合いですね。

田原　僕は今の時代に反して、人の話はフェイストゥフェイスで聞く、「オンライン」は認めないし、信用していない。やっぱりね、フェイストゥフェイスで会って、相手を殴る殴られるくらいの距離感で話をしないといけないと思うんだよ。

養老　それは非常にいいことだと思います。田原さんの場合、そこで得たすべての情報が実際と触れているわけですよね、接地している。それってすごく大事なことなんです。ＣｈａｔＧＰＴというのがありますよね。

田原　質問すれば何でも答えてくれるやつね。

ChatGPT　会話型AIサービス。ChatGPTのサイトで質問したいことをテキストで入力すると、数秒程度で回答がテキストで返ってくる。日本語をはじめ、英語、フランス語、ドイツ語、イタリア語、ロシア語、アラビア語、中国語など複数の言語に対応している。

養老　僕も使ってみたけど、まあまあいいことを書いてくるんですよね。話の筋は通っているし、極めてもっともらしいことを書いてくるけど、その回答が現実とどう関係しているのかが見えないわけですよ。これ、「記号接地問題」というんですが。

田原　記号接地問題？

養老　脳科学の専門家がそう呼んでいるんですが、たとえば、ＣｈａｔＧＰＴがいくらもっともらしい回答をしても、言葉の意味を理解しているわけではなく、ある言語体系の中の文法やルールに従って、人間の質問に対して可能性の高い文字列を並べているにすぎないんです。ＣｈａｔＧＰＴ、つまりＡＩの内部では、一つ一つの単語（記号）は人間のように経験や感覚に対応（接地）しているわけではない。これが記号接地問題です。

田原　なるほど、言葉だけが浮いているわけだ。

養老　そういうことです。どこまでいっても、人間が伝えようとする言葉の意味と意図はまったく理解できないんですよ。

田原　新型コロナウイルスの感染が世界中に拡大した頃、オンラインでのやりとりが増えましたよね。テレビ局でもリモートで番組収録を行なうことがあって、僕もスタジオではなく離れた場所からリモート出演したことがありますが、あれはどうも馴染めなかった。養老さんはどうですか？

養老　オンラインで打ち合わせしたり、取材を受けたりしていますよ。

田原　画面を通して相手と話をすることに抵抗はない？

養老　まあ普通ですね。特に嫌だとかは考えないで、相手の望むやり方に合わせて話をするだけですから。むしろ、新型コロナウイルス感染防止の外出自粛中は虫好きの仲間とオンラインで話をしたりして、なかなか便利だと思ったりしました。いずれにしても新しいツールに追いつくには体力がいるんですよ。高齢になると体力がなくなりますからね。だから、できることは今のうちにやっておかないと。

田原 高齢になると、なかなか新しいことにチャレンジできなくなる。今までのやり方をなかなか変えられないんだよね。経営者とか、会社で高い地位にあった人とかに特に多い。政治家もそう。なまじっか過去の成功体験があると難しいね。養老さんは標本づくりをしていないときは、何をして過ごしているんですか？　やっぱり本を読んだりとか？

養老 本も読みますけど、テレビドラマも意外と観ていますよ。さっき（第

３章）話したＮｅｔｆｌｉｘなんかはよく観ていますね。少し前に、ちょっと変わり者の医師が主人公の「ドクター・ハウス」というドラマを観ていました。患者嫌いで、周囲が何を言おうとおかまいなしで診断だけに集中するという偏屈な医師なんですが、娘に「お父さん、あの人と気が合うんじゃない」って言われましたよ（笑）。田原さんがご覧になるのは、やはりニュース番組とかですか？

田原　いつも見ているのは、ＢＳフジで午後８時から放送している「プライムニュース」、午後９時からはＮＨＫのニュースを見て、それが終わったら、午後９時54分から始まるテレビ朝日の「報道ステーション」ね。あとは、午後11時からＴＢＳの「ｎｅｗｓ23」とか、報道番組はいろいろ見ていますよ。

80歳過ぎたら我慢しないで好きに生きたらいいんですよ

田原 僕は仕事柄、若者ともよく話をするんですが、彼らの多くが「生きにくい、生きにくい」って言いますね。僕なんか生きにくいと思ったことないんだけど、どういうことなんだろう、生きにくいというのは。養老さんだって生きにくいと思ったことないでしょ。

養老 いや、年をとってから生きにくい世の中になったなと思います。

田原 え、何が生きにくい？

養老　なんかやかましいんですよ、いろいろ。

田原　何が？

養老　タバコを吸うのも容易じゃない。

田原　ああ、それはそうだ。どんどん吸える場所が限られてきていますからね。やっぱりタバコを吸うと批判されますか。

養老　批判されますね。

田原　僕は高齢者医療が専門の和田秀樹さんとわりに親しくしていて、たまに話をするんだけど、和田さんは80歳を過ぎてからの禁煙は意味がないと言っていましたね。むしろ、無理に禁煙してイライラしたり、ふさぎ込んだりするほうが問題だと。

養老 田原さん、タバコは？

田原 僕はタバコも酒もやりません。これは自粛しているわけじゃなくて、僕の体に合わない。若いときにはタバコも吸ったし、酒も飲んだことあるけどね、全然気持ちよくならないし、かえって体調が悪くなる、だからやめました。それにね、酒を飲むと時間を無駄にしてしまうと思うんですよ。もったいない。だって、その時間があれば本も読めるし、原稿も書けるじゃないですか。前に、ホリエモン（堀江貴文氏）から聞かれたことがあるんです。「田原さん、たくさん本出しているけど、いつ原稿書いているんですか？」って。夜だと答えたら、彼は「そうか、俺は夜、酒飲んじゃうから、あんまり本書けないんだな」と言っていましたよ。ただ、タバコも酒もやらないかわり、甘いものはよく食べます。饅頭とか最中とか。

養老 甘いものは体に悪いから、やめてくださいと言われたら？

田原 やめません。だから養老さんが、タバコは体に悪いと言われても好きだからやめない、その気持ちはわかりますよ。

老い方は人それぞれ、他人と比べても仕方がないんです

田原　70代はまだ自由に動けたけど、80代になって、少しずつ体がきかなくなったという話をよく聞きますが、養老さんはどうですか？

養老　やっぱり体がまいってきますね。

田原　どうしたらいいんでしょうね。

養老　その人なりだから仕方ないですね、気をつけるしかない。

田原　養老さんはどうしていますか？

養老　適当にやっていますよ。一応医者なので医学的な知識もありますしね。

田原　奥さんにアドバイスしたりは？

養老　責任を持てないから、しません。女房は自分で病院に行っていますよ。医者も自分に合う合わないがありますからね。医者選びも運のうちってね、自分に合う医者や病院を選ぶのは大事なことですよ。

田原　どういう病院がいいんですか？

養老　やっぱり自宅近くの病院がいいでしょう。近所にかかりつけ医を見つけておくと何かと助かりますよ。

田原 でも、養老先生自身はあまり病院には行かない。健康診断否定派ですよね。

養老 健康診断は、論理的に有効ではないという結論が世界中で出ているんですよ。だから、本当に論理に従うんだったら、受けなくていいんです。いや、むしろ、受けないほうがいい。

田原 有効ではない？　それはどういうことなんですか。

養老 健康診断をしてもしなくても、病気になる確率や寿命に差がないんですよ。田原さん、フィンランド症候群って聞いたことありますか？

田原　フィンランド症候群？

養老　フィンランドで中間管理職くらいの中年の人を、医者が丁寧に面倒を見るグループと、いっさい面倒を見ないでほうっておいたグループに分けて比較したんです。そしたら、医者が面倒を見なかったほうが長生きしたという結果が出た。だから、余計な健康診断なんか受けず、病院は具合が悪くなったときに行けばいいんですよ。

田原　フィンランドでそういう検査をするというのが面白い。日本でそれはあり得ないね。日本は健康診断を受けないと大変なことになるという空気があるから。

養老　やっぱり健康診断のシステムができちゃうと、それに携わっている方が大勢いるので、簡単にやめるわけにいかないんでしょうね。

田原　日本人は健康診断が好きだから。

養老　別にそれ自体は悪いことだと思っているわけじゃないんですよ。ただ僕は健康診断を受けないようにするだけです。ただ、受けないと決めていても、勤めていると会社から強制的に受けさせられるわけでしょう。それをなんとかしてあげてほしい。

田原　だいぶ前になりますが、「三世紀会」という政財界の重鎮の集まりを取材したことがあるんです。これは1800年代に生まれた人たちが、19世紀から21世紀まで3世紀を生き抜くぞという集まりで、当然参加者は皆80代。でも、みんなえらく元気でね。長生きの秘訣を聞いたら、「一生懸命健康のことに気を遣っている奴は、早く死ぬ。健康ストレスにやられてしまうんだ」と言うんですよ。これはどうですか。

養老　その通りですね。

田原　運動したり食べるものに気をつけたりして、健康に気を遣うこともストレスの原因だと。そう言いながら80代の連中が肉をむしゃむしゃ食っていましたよ。

養老　いいんですよ、それで。

健康診断より大事なのは、体の声に耳を傾けること

田原 じゃあ、養老さんはまったく病院に行かない？

養老 まったく行かないかというと、そうでもありません。具合が悪いときは女房が心配するので、仕方なしに行くことはあります。家族に無用な心配はかけたくないですからね。

田原 そういえば、養老さんは心筋梗塞《こうそく》になっていますね。

養老 82歳のとき心筋梗塞と診断され、緊急検査とステント治療を受けて、

2日間、ICU（集中治療室）に入りました。

田原　兆候はなかったんですか？

養老　それが自覚症状はまったくなかったんです。ただ、70キロあった体重が1年間で15キロほど減少した。これはいつもと違う、何かあると思い東大病院を受診しました。持病の糖尿病の悪化かな、くらいにしか思っていなかったので、心筋梗塞と言われ驚きました。

田原　僕もカテーテル治療をしたことがありますよ。

養老　田原さんも心筋梗塞？

田原　僕はその一歩手前です。病院嫌いの養老さんとは真逆で、僕は月に1回、順天堂大学医学部医院で定期検診を受けています。というのも、僕は消化器系が弱くて、60歳のときに消化器の機能が低下したり、腸壁から大出血したりして、何度も病院のお世話になっているんです。大事《おおごと》になれば仕事ができなくなる、それが怖いので毎月メンテナンスをしているわけです。

養老　そこで心筋梗塞が見つかったと。

田原　しばらく背中の痛みが続いていたことがあって、検診で先生と雑談しているときにその話をしたら、「背中の痛みは心臓が原因のこともある」と言って、すぐ検査してくれた。そしたら、心筋梗塞になりかけていたということがわかったんです。

養老　運がよかったですね。

田原　いつもと違うことがあれば、体に何かしら異変が起きているということ。体の声を聞くことが何より大事だと実感しました。さっき養老さんは、奥さんに心配かけないために病院に行くとおっしゃいましたね。高齢になって家族との関係が変わったことなどありますか。

養老　特に意識はしていませんね。それは、自然に変わってくるんじゃないですかね。

田原　お孫さんは、何人ですか。

養老　孫は一人、少子化ですから。

田原　僕は娘が仕事のマネジメント一切を引き受けてくれて、近所に住んでいることもあるので、もう頼りきっています。娘には頭が上がりません。養老さんもお嬢さんがいらっしゃいますよね。どういう付き合いをされていますか。

養老　うちは女房が元気ですから。うっかり娘とだけ仲良くすると。

田原　あぁ、奥さんの機嫌が悪くなる。

養老　そうそう、そっちのほうが大変だから。

高齢者だから猫を飼うなというのは余計なお世話

田原　養老さん、今、動物は飼っていないんですか？

養老　猫の「まる」がいなくなってからは飼っていません。

田原　また飼おうとは思わないんですか？

養老　飼いたいんですけどね。でも、保護猫を引き取ろうと思っても、老い先が短いとペットが後に残されるから駄目だというんですよ。意地悪なシステムですよね。

田原　高齢者ほどペットは必要だと思うけどね。

養老　しょうがないから、今は近所の野良猫を餌づけしていますよ。

田原　僕も動物は好きでね。今は娘が犬を飼っていて、彼女が可愛がっているのをそばで見ているのはとても楽しいです。また犬ってね、可愛がられるのがうまいのね。反応がとてもいいの。

養老　犬はそうですね。猫は勝手気ままにしているけど。

田原　ただ、高齢者の中にはペットが先に死んでしまうとつらいので、飼うのを躊躇《ちゅうちょ》しているという人もいますね。

養老　その心配は意味がない。僕はそういう予測をしません。ただ今現在を生きていますから、この先どうなるなんてまったく考えてない。

田原　将来起こるかどうかもわからない悲しいことを想像して、今の幸せを逃すのはバカバカしいと。

養老　そういうことです。先のことをあれこれ想像して悩んでも仕方ない。それは考え過ぎですね。

田原　ただ、地震なんかは、やっぱり事前の備えが大事と言われていますよね。

養老　無理ですよ。被害の規模は予測できないし、しかも地震が起きたとき、今いる場所がどうなるかわからないじゃないですか。高いところの物が落ちてくるくらいのことは予想できるけど、液状化したら地面がどうなるか、津波がどの高さまでくるのか、そんなこと起こってみないとまったくわかりませんからね。

田原　確かにそうだ。

養老　今の人たちは、なんかそういうことがわかるつもりでいるから。

田原　避難するときに持っていくものを用意しておくとか、しなくていい？

養老　そのときに考えればいいんですよ。まだ起きないことをあれこれ悩んだり、準備に余計な時間をかけたりするより、「今ここ」に集中して生きることのほうがよほど大事だと思います。

田原 先のことを考えるのは意味がないと。

養老 「メメント・モリ」という言葉があるじゃないですか。「死を想え、死を忘れるな」という意味で、もともと中世の修道院での挨拶の言葉だったんですが、この後に「カルペ・ディエム」（今この瞬間を生きよ）と続いていたんですよ。現在を楽しむということと、いずれ死ぬということは無関係ではないんです。だから、猫を飼うなというのは余計なお世話ですよね。いいじゃん、猫にとってかわいそうな人生かどうかなんてわからないんだから、と僕は思います。

田原　今が幸せなら、それでいいというわけだ。

養老　幸せな猫の生き方もあるだろうし、不幸せな生き方もあるだろうと。この先どうなるかなんか考えず、目の前の猫と楽しむことだけを考えればいいんですよ。

死んだ後のことは今考えても仕方ない

田原　養老さんは虫の標本を10万持っている。尋常な量じゃないね。変な話、その標本は養老さんがいなくなったら、どうしてほしいですか？

養老　それはよく聞かれます。「死んだらどうするんだ？」と。でも、死んだ後のことは僕の知ったことではない。家族が処分するなり、好きにしてくれたらいいと思っています。

田原　僕も同じ。自宅のリビング兼書斎には、ものすごい量の資料や書籍が山積みになっていますが、それも娘たちが全部処分してくれていい。

養老　死んだ後のことは、知ったことではない。それでいいんじゃないですか。

田原　僕もそう思っています。ただ、娘はいろいろ動いているようで、この間も僕の故郷の滋賀に行って田原家の墓じまいをしたらしいです。うちのお墓は滋賀県に二つあったんです。もともとは実家のある彦根市の隣、多賀町にある多賀大社のそばに立派なお墓があったんですが、そこは自宅から遠くてなかなか行けないということで、家のそばにもう一つお墓をつくった。でも、きょうだいも高齢で、2カ所も維持するのは大変だからということで、多賀大社のそばのお墓にまとめてきました。

養老 田原さんも行った？

田原 いやいや、娘と僕の弟がいろいろ手配して、全部やってくれました。僕は何もしていない。僕はなんでもいいんです。自分が死んだ後、どこのお墓に入るかとか関心ないし、もっと言えば、住む場所もどうでもいい。水が出て電気がついて屋根があれば、それで十分だと思っています。

養老　まさに『方丈記』ですね。

田原　僕の場合はね、70代は生きないといけないという気持ちがあったんですよ。でも、80代になったらいつ死んでもいいし、あとは好きにしてくれと思えるようになって、非常に気が楽になりました。

養老　僕はずっと前からそうです。いつ死ぬかわかったものじゃないという思いが常にある。これは戦争体験も大きいのかもしれないけど、もともと、そういうことをあまり考えない質なんですね。逆に、どうしてみんな自分が死んだ後のことを考えるのか、よくわからない。

田原　なんでしょうね。不安だから考えておきたいのかな。

養老 だって、そのときにならないと、自分がどう考えるかなんかわからないじゃないですか。平和なときに考えることと、いざというときに考えることは違いますから。そう考えるのは戦争の影響かもしれないですね。国民全員が玉砕に向かって突き進んでいたのに、敗戦でその雰囲気はコロッと変わった。ああいう体験をすると、先のことを考えても意味がないと思うようになるんですね。

田原 僕はあちこちでよく言っているけど、「朝まで生テレビ!」の最中に死ぬのが理想です。本番中、「あれ、田原さんが静かになったな……」と気づいたら死んでいた、というのが理想です。番組プロデューサーからは「それだけはやめてくれ」って言われているけどね（笑）。養老さんは理想の死に方ってありますか?

養老　ありません。あまり真面目に考えても仕方ないし、ついでに言うと、理想の生き方もありません。虫を捕ったり、野良猫を餌づけしたり、今楽しいと思えることを大事にできれば、それだけで十分です。

田原　その考え方は年寄りにとってとても大事ですね。同じ時間を過ごすなら、あれこれ悩むより、目の前の楽しいことに費やしたほうがいい、まったく同感です。いやあ、勉強になりました。ありがとうございました。

おわりに　養老孟司

毎日新聞出版の永上敬さんから、対談本を作らないかというお誘いを受けた。相手をどうするかと訊かれたので、同年配にしてくださいとお願いした。

そうしたら田原総一朗さんはいかがですか、と言われた。私は昭和12（1937）年生まれ、小学2年生で終戦を迎えた年代で、同年配であっても生まれ年が違うと、かなり社会的な感覚が違う。田原さんは昭和9（1934）年生まれ、小学5年生で終戦だから、私とあまり違わない。同年配だと、多くのことに説明が要らない。

私より10歳以上年下だと、いわゆる団塊の世代で、こちらは典型的な戦後世代、生まれたときがすでに戦後で、感覚的に合わない面も多い。5歳以上年上だと、終戦時にはすでに中学生である。戦前の教育がきちんと身についているので、それが不完全にしか入っていない私は、恐れ入ってしまう。最初から申し訳ありません、という感じになる。田原さんなら、それがない。

指定された場所に伺い、初対面の田原さんといきなり対談を始めた。とくにテーマの指定があるわけでもない。準備もしていない。それでもお話ができるというのは、同世代のありがたさである。

田原さんは政治に関心が高い。私はまったく逆である。政治のように日替わりみたいな出来事には関心が向かない。おかげで田原さんのお話を大変興味深く聞いた。私と同い年の首相経験者は橋本龍太郎、小渕恵三、森喜朗と意外に数が多い。思えば私の政治嫌いは、心の奥底にある政治への関心の裏返しだったのかもしれない。対談を読み返しながら、そんなふうに感じた。

2024年8月

写真　髙橋勝視（毎日新聞出版）
イラストレーション　右近茜
ブックデザイン　鈴木成一デザイン室
編集協力　阿部えり
ＤＴＰ　センターメディア

田原総一朗（たはら・そういちろう）

1934（昭和9）年、滋賀県生まれ。ジャーナリスト。1960年、早稲田大学卒業後、岩波映画製作所に入社。1963年、東京12チャンネル（現・テレビ東京）に開局の準備段階から入社。1977年、フリーに。テレビ朝日系「朝まで生テレビ！」「サンデープロジェクト」でテレビジャーナリズムの新しい地平を拓く。1998年、戦後の放送ジャーナリスト1人を選ぶ城戸又一賞を受賞。早稲田大学特命教授と「大隈塾」塾頭を務めた（2017年3月まで）。「朝まで生テレビ！」（テレビ朝日系）、「激論！ クロスファイア」（BS朝日）の司会をはじめ、テレビ・ラジオの出演多数。『戦後日本政治の総括』（岩波書店）、『日本人と天皇 昭和天皇までの二千年を追う』（中央公論新社）、『日本の戦争』（小学館）、『全身ジャーナリスト』（集英社）、『創価学会』『脱属国論』（井上達夫氏、伊勢﨑賢治氏との共著）『公明党に問う この国のゆくえ』『今こそ問う 公明党の覚悟』（ともに山口那津男氏との共著）『堂々と老いる』『元気に長生き 自律神経の名医が教える生活習慣』（小林弘幸氏との共著／以上、毎日新聞出版）など著書、共著書多数。

養老孟司（ようろう・たけし）

1937（昭和12）年、神奈川県鎌倉市生まれ。東京大学名誉教授、医学博士、解剖学者。東京大学退官後、北里大学教授、大正大学客員教授を歴任。京都国際マンガミュージアム名誉館長。1989年、『からだの見方』（筑摩書房）でサントリー学芸賞、2003年、『バカの壁』（新潮社）で毎日出版文化賞特別賞を受賞。『唯脳論』（青土社・ちくま学芸文庫）、『「自分」の壁』『ヒトの壁』（以上、新潮社）、『半分生きて、半分死んでいる』（PHP研究所）、『ものがわかるということ』（祥伝社）、『なるようになる。僕はこんなふうに生きてきた』（中央公論新社）、『老人の壁』『超老人の壁』（ともに南伸坊氏との共著）『虫とゴリラ』（山極寿一氏との共著）『日本の進む道 成長とは何だったのか』（藻谷浩介氏との共著）『虫は人の鏡』『時間をかけて考える 養老先生の読書論』（以上、毎日新聞出版）など著書、共著書多数。

老人《ろうじん》の知恵《ちえ》

印刷　2024年9月20日
発行　2024年10月1日

著者　田原総一朗《たはらそういちろう》
　　　養老孟司《ようろうたけし》

発行人　山本修司

発行所　毎日新聞出版
〒102-0074　東京都千代田区九段南1-6-17　千代田会館5階
営業本部　03(6265)6941　図書編集部　03(6265)6745

印刷・製本　光邦

ISBN978-4-620-32815-7
JASRAC 出 2406472-401